Minimal Bildung

JORGE FERRER
Minimal Bildung

Veintinueve escenas
para una novela sobre la inercia y el olvido

Primera edición, 2001 (Miami: Ediciones Catalejo)

© Jorge Ferrer, 2016
© Fotografía de cubierta: W Pérez Cino, 2016
© Bokeh, 2016
  Leiden, NEDERLAND
  www.bokehpress.com

ISBN: 978-94-91515-40-8

A Eva Patricia. Todo es para ella. A Digna de la Caridad y Marlene. A ellas les debo el resto.

Bildung significaba por ese entonces: el saber esencial que configura todas las posiciones fundamentales de la existencia histórica, un saber que es el presupuesto de toda gran voluntad.

Martin Heidegger

La inercia es la propiedad
que tienen los cuerpos…

Preludio

(Tras un demorado forcejeo hacia la izquierda y la derecha, el telón termina por alzarse. Una esfera —toda diaforesis, esperma— rueda desde el fondo oscuro del escenario hasta balancearse sobre el borde de las tablas. Los músicos, agazapados ordenadamente en el proscenio, echan a correr en estampida. La bola sebosa comienza a hablar. Durante toda la exposición sudará aludes de grasa. Cuando el público acceda a la sala sólo quedarán el hedor dulzón y el sólido brillo del suelo de roble del escenario.)

La sebosa. *(Algo amanerada y tirando ya a esponjiforme, comienza a recitar su parlamento.)* En sucesión forzosamente continua y espacios viciosamente contiguos, un personaje, Buenaventura Vichy, aparecerá en diversas escenas... yo he salido antes que él... no para hablar del autor, ni para ponderar la trama o presentar a los actores... Simplemente le ha parecido conveniente a la dirección del teatro que yo permaneciera aquí hablando estos segundos que preceden a la entrada del público, y que aquí me vaya derritiendo, desvaneciendo... como llenando el vacío de un fragmento más de ausencia... *(Ya ovoide su sida redondez, ya toda languideza.)* Es un verdadero acto de caridad que se me haya permitido permanecer estos segundos aquí, esparciéndome sobre el suelo que ya se aprestan a pisotear... *(Consternada, ya casi plana, cadavérica, inconexa, intenta aprovechar los últimos vahídos apurando frases del texto memorizado.)*
Dar un nombre, contar una vida, es el menos inocente de los pasatiempos porque no disponemos, en esas vidas breves que

nos regala el Señor, de un tiempo para ser nosotros y contarnos a nosotros mismos, y de otro tiempo para dedicar al advenedizo que nos habla o se deja leer. Es el mismo tiempo. Siempre el mismo, el apresurado, ese que pintaban calvo los neoplatónicos florentinos. *(Ya exhausta, pontificia.)* Una última aclaración: esto no es un obituario.

(Se escuchan unos pasos. Una pierna se arrastra levemente. El tacón deja huellas durante brevísimos, imperceptibles siglos, huellas, indicios, a la madera dolorosos.

La burbuja y el preludio ya no son más que ausencia sobre ausencia.)

I

El patio de casa siempre le pareció pequeño, y la calle que se abría tras la doble y recia puerta de la entrada, demasiado ancha: una sinuosa plaza. Su infancia fue menos suya que de una tía de su padre, joven viuda ajada por las noches de tuberculosis, los esputos abundantes regando el suelo nupcial y el duelo posterior, amigo éste último de la depilación furtiva y sangrante, las soperas derramadas y el sudor frío en la bañera caliente.

La de Buenaventura Vichy fue una infancia como cualquier otra, escamoteada por adultos sin infancia, esquilmados a su vez por otros adultos falazmente premonitorios. No le negaron esa secuencia, que es el primer testimonio de que pertenecemos a una gran tradición eugenésica. A esa tía regaló su infancia, como si supiera que al guardarla para sí, la malograría. Se la ofrecía entre mimos y sonrisas en aplicado recuento de costumbres, en decidido alarde kármico. Desde un corral de madera demasiado dura, aviesamente interpuesta, miraba transcurrir el día a día de la familia, que se interrumpía para asustarle con rostros que crecían y crecían al acercarse, y sonrisas, grandes sonrisas, babeantes, intimidatorias, antihigiénicas.

Cuando cumplió cinco años le dieron una fiesta de cumpleaños como para quitar el aliento. El corral fue ocultado con presteza, y la tía, celosa de su mudo magisterio, se hizo coser un vestido muy azul, casi verde, como para que los invitados navegaran por sus pliegues.

Atropellando la hora convenida, cien niños invadieron la casona, niños a quienes Buenaventura nunca había visto. Y que apenas lo vieron aquella tarde. Niños gritones y groseros que se peleaban por dulces que después vomitaban, y que se herían los párpados con cometas y peonzas que parecían, salidas de sus manitas crueles, flechas errantes, perversidades sin finalidad aparente.

Las cinco velas se resistieron al soplo cinqueañero con tal vehemencia, que parecía que también el fuego fuese de cera. Las palmadas con que lo alentaba a soplar/escupir un corro de vecinos y familiares eufóricos, pudieron por fin con los cirios, apagándolos sin que a despecho del homenajeado se hiciera de noche.

La tarta se repartió con una arbitrariedad estudiada, previsora, como si fuera el cuerpo empalagoso de Cristo; la Coca Cola, en aquella algazara, era el único testimonio de la identidad y la permanencia del sentido.

Finalizado el simulacro de liturgia, alguien propuso jugar a la gallinita ciega y todos coincidieron en que Buenaventura fuera la primera víctima, en ostentoso alarde democrático. El pañuelo de su padre fue la cinta presta a sellar los ojos del niño que crecía hoy. El nudo muy apretado. Irresistible el griterío: voces entrelazadas e indistintas, tropel abigarrado, anatema, alaridos propios de las ceremonias vecinas de las catástrofes, los recibimientos o las despedidas.

Un testimonio: Años después, en una populosa esquina de la ciudad de Nueva York, Buenaventura retuvo a una amiga que se le escapaba con un taxista, seguramente berlinés, para contarle el desarrollo de aquella ceremonia iniciática: «Fue mi descubrimiento del teatro y del espacio, que viene a ser, nadie lo sabe mejor que tú, lo mismo. No mi descubrimiento del tiempo, que ya los barrotes del corral habían sido el rosario de mis horas. Fue cuando, por primera vez, conocí la fuerza histriónica de la mentira y la estancia apacible en el reino de la verdad. Todos creían que al atarme aquel pañuelo alrededor de la cabeza yo no los veía, pero sucedió exactamente lo contrario: la fuerza del nudo, las tinieblas de aquel mínimo encierro me los descubrieron. Fue sólo entonces que los vi. Danzaban a mi alrededor como locos, se me acercaban y alejaban presuponiendo movimientos agitados de mis brazos, que no conseguían; gritaban, me tocaban la espalda, esperando que yo me voltease para agarrarlos, y yo no me movía, yo… *Danke schön*… absorto en contemplar su regocijo ante mi supuesta impotencia. Mi tía, esa cuyo rostro encontraste tierno en la foto de mi primera comunión, estaba sentada al fondo, tras el gentío, con las piernas cruzadas. Me miraba con inusitada atención; me guiñó un ojo y se llevó la mano a la entrepierna. Entonces entreví el escenario, cuando se descorrió la cortina: entre el azul del vestido se adivinaba la mancha rojinegra de su sexo procaz. Agitó los brazos en dirección a ese animalejo oloroso a acíbar y a pedo y a madre, que solía moverse a salvo de mis manitas enjauladas. Mis victimarios, estimulados, corrían y gritaban como locos. Mi tía, al ver que me dirigía hacia ella, negó con la cabeza, e hizo un gesto de dedo que cae en cascada lenta, que significaba, bien lo sabía yo, siempre hambriento a destiempo, ¡todavía no!»

Tras la segura dirección de la víctima hacia uno de los grupos de niños, se detuvo. El juego, su crueldad basada en la imposibilidad de ver, parecía cumplirse, puesto que Buenaventura fue presa de una evidente impaciencia. Algún garzón ya crecidillo se le acercaba demasiado, Buenaventura se detenía, cauto. Nadie intuyó, salvo su padre quizás, que podía no querer alcanzar a sus verdugos, y dar así por terminado el tormento.

El griterío pasó de la alegría a la molestia, como ante torero chulito, pero torpe, y finalmente languideció. Nadie quería continuar jugando con un ciego no rebelde, gozoso de su incapacidad. Le quitaron el pañuelo de los ojos, la madre aseguraba que Buenaventura estaba llorando. Erraba, los ojos del homenajeado, ya libres, despedían una claridad inusitada. Algunos bromearon: «¡Un milagro!», gritaban, «¡Un milagro!» Buenaventura se dejó caer al suelo y rió, pareciera que feliz. Ese día estaba obligado a ser el de las muchas primeras y últimas experiencias.

Me lo contó hace dos años. Hablábamos del fragmento; él se mostró excesivamente técnico y yo le dije que me aburría y que me iba a casa. Salimos del bar, él me hablaba de unos cortos de Jarmusch, de la totalidad inconclusa, de «la experiencia en tanto vórtice del imán convocador», decía, o así creo recordarlo; yo hice ademán de parar un cab, y Buenaventura me dijo que el taxista era un payaso estealemán que me seduciría, o algo así. La verdad es que estaba muy borracho. Y entonces, el ruido de los coches, el –palabras suyas– «flujo incontinente de lo urbano», el neón plural parpadeando obseso, comenzó a contarme su quinto cumpleaños, y yo sentí que algo me paralizaba, él le dijo al taxista, que esperaba, un *Danke schön* apenas inteligible, y me tomó del brazo, y me levantó la falda, y me lanzó contra una pared viscosa o mullida, felpa claveteada, ventanuco muy interior, suerte de lecho vertical que giraba y giraba, y ya desde entonces no pude vivir sin él, hasta ayer, cuando me telefoneaste para decirme que aún no ha muerto.

Fin del juego. Y del cumpleaños. Buenaventura lo había implotado, con su carencia de euforia, su pasividad, nada agónica, sino gozosa de su estancia en la burla ignorante, docta.

Su madre se lo sentó en las piernas y toda la familia simuló, mientras los invitados y su maledicencia abandonaban la casa, un sueño del niño anfitrión, una siesta en público –Buenaventura después contará cientos de siestas salvadoras de los espacios vacíos de los días–, colofón de la ceremonia, acaso inútil e inmerecida de tan soso el niño, tan gallina, tan ciego.

La tía se acercó a la pareja consagrada, los vuelos de percal eran olas, mar bravío; madrépora la que sostenía a la sardinilla leve y llorona, mas despierta, nueva, decidida a no entrar nunca más al corral de mierda que lo cerraba. A él y a sus ojos, ya hastiados del fango y los juncos, y las patas de la garza siempre lejos, les pareció, ahora que le conocía la fruta agridulce y pelambrosa al flamenco azul, que ya todo era posible. Ya era hora de hablar, leer y escribir. Ya era hora de dejar de mentir sólo con los ojos. Cuando la tía se sentó a su lado, la madre entretanto ceñuda oteando un futuro no menos previsible por lo oscuro, bajó de su regazo para dar de comer a los numerosos perros de la casa las golosinas que habían sobrado del convite[1].

A la noche, la madre y la tía eran máquinas hacendosas que reponían el orden, como la alcaldía de París tras marcha de travestis en Saint-Michel. El padre, el puro, el whisky y los hielos, que hervían al rozar los bigotes, le hablaban a Buenaventura sobre lo que se esperaba de él, con esa soltura de la que hacen ostentación los padres soberbios que se saben incomprendidos y disfrutan de su superioridad incuestionable. Su padre le decía, seguro: «Serás astronauta, llegarás a Saturno»; y Buenaventura lo miraba con ojos jubilosos que parecían decir: «Sí, ya he llegado a la Melancolía y estoy encantado». Y sus manitos se juntaban, como previendo el calor seminal de las esferas que lo esperaban: los pechos enormes

---

[1] La escena, con importantes variaciones de vestuario —la madre de Buenaventura viste las ropas de su hermana—, puede admirarse en Amor sagrado y amor profano, de Tiziano, quien exagera la dimensión de la jauría y las adiposidades en el muslo derecho de la tía de Buenaventura. Son de agradecer la representación hiperrealista de las cabelleras de ambas y los pechos de la segunda.

de la viuda, reina de Baikonur, duquesa de la NASA, sirena ígnea de Cabo Cañaveral.

No comprendí con propiedad lo que había sucedido aquella noche: otra vez, pero primera vez, durmiendo con mi carcelera, síndrome de Estocolmo calurosamente realizado, apelando a un miedo que nada tenía que ver con el de las noches anteriores: a las mariposas que se perdían entre las cortinas, a la sombra del vecino pendenciero, a la rata que huía de la bota de mi padre. Esa noche supe que tenía que comenzar a temerme sólo a mí mismo. Noche que recordaría mucho más tarde, cuando leyera los Evangelios llamados apócrifos, donde Jesús niño llevaba a la parálisis, o convertía en cabritos, o simplemente asesinaba a cualquier niño que se le tropezara en su ruta protoevangélica. Aquella noche se me hizo evidente, y no me importa que te rías, que entre el bien y el mal no hay más distinción que la espacial-temporal, puah, la que va de tu niñez a tu adultez, o viceversa. Fue la primera noche de mi infancia: yo era el sujeto y el objeto de la viudez de mi captora. Toda la filosofía que leí después, desde la teología negativa hasta la que predica la muerte del hombre, no fue más que una apostilla al gesto descansado de mi bracito breve aquella noche sobre su espalda tersa, ondeada; mi manito sudorosa sobre el azul desnudo de sus nalgas.

2

Un hombre sigue con la vista a un taxi que se aleja. Es Buenaventura Vichy. Las series de elementos que lo rodean —excesos de todo tipo, de luz, de velocidad, de altavoces, multitudes que se rozan: excesos de confianza— no participan en lo absoluto de su memoria. Nada, sin embargo, autoriza a describir novedades en su comportamiento. Nada dota al atrezzo abigarrado que lo envuelve de primicia o novedad. La escena, por el contrario, tiene un sólido aire de permanencia, de esa añeja inmutabilidad que es propia de los momentos más indistintos, más repetidos. Champollion o Petrie bien hubieran podido encontrarse desasfaltando ídolos en las avenidas conexas.

Pareciera que es precisamente esa paz la que detiene a Buenaventura en el lapso mínimo, pero milagrosamente extenso, que demora en darle la espalda al fantasma de humo que envuelve al coche, y aprestarse a buscar un sitio adonde ir. Una suerte de clown, que pontifica sobre el decurso de las cosas –*devil, blake's tiger, contingency, ethernet, everglades, nikhé, witch, balloon*, escucha Buenaventura– se le encara, como si hubiera estado esperándole para distinguirle entre la multitud. Incapaz de comprenderlo, Buenaventura se disculpa atropelladamente en su inglés, significativamente demeritado por el malestar y la sorpresa, y echa a correr.

Apenas había llegado a aquella ciudad, y ya había tenido tiempo de ser abandonado por la única persona que conocía y ser amonestado, al menos él presumía que de ello trataba la arenga del clown, por un predicador grosero.

Se recostó a una pared de ladrillos. Sacó del bolsillo el dinero que le quedaba: uno, diez, uno, uno, cinco: dieciséis. No, dieciocho dólares. Cruzando la calle se veía la entrada de un bar, custodiada con displicente negligencia por un negro enorme. Un neón ominosamente rojo sobre un pórtico de escayola dejaba leer Benny's Billiards. Ignorado por el portero amable y desidioso, Buenaventura no encontró mayores obstáculos para acercarse a la barra. Un joven que ostentaba un rostro que le pareció familiar–«excesivamente familiar», pensó– y de cuyas orejas pendían numerosos aretes, hablaba con otros dos, dijérase que clones suyos. Al fondo un reloj enorme, cuadrado, marcaba el inicio de otro día. A su lado caían uno sobre otro, suerte de pantallas unidas por un eje, los nombres de la seducción, con sus precios.

Solícito el virtuoso, se volvió hacia Buenaventura, que le dijo en voz baja, pero con un énfasis ajeno a su habitual timidez:

—Brother, tengo dieciocho dólares, he llegado hoy y me quiero olvidar de ambas cosas.

El de los pendientes, mientras le ponía un vaso muy alto delante, con unos cubos de hielo dentro, ruidosos, tropicales, profetizó:

—Te olvidarás de ambas cosas, si quieres. Pero mañana las recordarás cuando despiertes, y además recordarás esta noche, y quizás te sientas peor.

Pausa. Buenaventura, ya no tan enfático:

—No creo que haya peor.

Y le sirvieron un Bacardí largo, muy largo. Alas de vampiro gozosas entre el hielo, porque ya era hora de empezar a perder sangre, a vomitarla.

Cuando salía, pasó junto a una mesa donde cuatro jóvenes parecían discutir. Uno de ellos dijo, cuando Buenaventura se despedía del guardián de la puerta:

—¿Sabes qué parece? Un rey en el exilio.

3

Aquella fue la mañana más importante de su infancia. Eran tiempos de pobreza, esa pobreza engañosa de los regímenes populares donde la leche translúcida del desayuno se endulza con la miel de la utopía. Eran los tiempos en que hablar de «pobreza irradiante» era grosero y atinado, al mismo tiempo.

Alguna fiesta patriotera propiciaba que se juntara y creciera el hambre de los vecinos. Y colectaron, peso a peso, el precio de un carnero. Un pequeño carnero que a esa hora, cuando se acumulaban uno sobre otro los billetes, buscaba pasto fresco, su penúltimo pasto fresco. Los vecinos confiaron al padre de Buenaventura y a un señor de bigote finísimo –una línea de rímel sobre el labio– la consecución del rito propiciatorio del éxtasis utópico. Alguien bromeó durante la colecta: «Que pese más el carnero que el niño», que presenciaba atento el ir y venir de los vecinos. Y todos rieron. El padre lo miró, también riendo y le dijo: «Nos acompañarás».

Salieron muy de mañana. Aún de noche. Los hombres iban de ropa recia de campo: botas altas, camisa y pantalón de género grueso. Buenaventura llevaba unos pantalones cortos, unos zapatos grandes, que le provocarían unas ampollas descomunales, e iba tocado con una boina de su bisabuelo: boina con orla tan grande como su puño. Tomaron un autobús que atravesó la ciudad dormida; dormidos aún los mayores, atento el niño a la ciudad de noche, vacía.

El autobús que tomaron –Buenaventura nunca olvidaría su número, el 43, el mismo que marcaba la puerta del primer apartamento que alquiló en las afueras de Barcelona, muchos años después– los dejó junto a una Estación de Ferrocarriles que le pareció a Buenaventura el lugar más grande del mundo. Lo dijo. Los mayores rieron, y el vecino de su padre tras ahogar la última carcajada, dijo, pensativo: «Pues sí, es bien probable que lo sea».

Los trenes de la época erotizaban como pocas mujeres de hoy. Habían comprado sólo dos boletos, acudiendo al expediente de que el niño podría viajar sentado sobre las piernas del padre. El vagón iba repleto. Amaneció en un súbito, como suele amanecer en el trópico o tras las noches de insomnio. Los adultos hablaban del carnero, de otros carneros, de lo que comprarían para llevar a casa. El padre de Buenaventura descubrió un termo de café, que su mujer le había puesto, a pesar suyo, en la mochila. Los adultos bebieron café en pequeños sorbos. Buenaventura acercó sus labios a la boca del termo, pero no bebió porque le pareció que dentro había peces muertos.

Creo que sentí entonces lo que Julián del Casal... un poeta paisano mío... «Sí, le conozco...» El campo me pareció tan monótono, todo tan idéntico, y la voz de mi padre exaltando las mañas culinarias y amatorias de mi madre como fondo, y el vaivén del tren, y los polines podridos arrojados al lado de la vía, y los postes de la luz, y la intermitencia de las carreteras que cruzábamos, los ojos de los conductores, aún medio dormidos pero ya impacientes; todo era tan idéntico a sí mismo como el diseño de la araña que acompañaba, sobre mi camita breve, mis noches de insomnio. Supe entonces que mi madre no quiso tenerme, pero que mi padre le pidió un varón, ya mi hermana tenía cinco años, y ella accedió. Y mi padre me palmeaba la cabeza. Y el vecino me miraba y sonreía, y le decía a mi padre: «Deja, yo lo llevo un rato», y yo pasaba a las rodillas del vecino que me palmeaba en la cabeza y en los muslos, y el paisaje era el mismo aunque ahora veía lo que el tren dejaba atrás y no lo que le esperaba. Y el vecino decía: «Pues yo sigo soltero, no tengo suerte con las mujeres», y me palmeaba, y mi padre decía: «La suerte aparece cuando menos uno lo imagina», y el vecino me palmeaba y me palmeaba, y yo me recosté en su hombro aunque no tenía sueño, y cerré los ojos, y seguía viendo los polines y los postes. Pero todo esto no viene al caso; a usted le interesa mi proyección pública, no mi soledad «privada».

–Nos interesa todo sobre usted. Todo lo que usted conozca –le apuntó su interlocutor.

Cuando bajaron del tren, ya el sol estaba tan alto que daba vértigo. Se encaminaron al pueblo a preguntar quién quería vender un carnero. El pueblo estaba lejos de la estación, que había pertenecido a un ingenio azucarero ya en ruinas, ruinas que le parecieron a Buenaventura más bellas que cualquier cosa que hubiese visto antes. «No parece una isla –dijo el vecino–. Hay tanta tierra».

Les dieron un nombre, Inocencio, y les señalaron una dirección con una mano más agrietada que la tierra reseca del camino por el que se dirigieron hacia el presunto vendedor, dóciles, seguros, urbanos.

Buenaventura iba de descubridor. Cada piedra podía esconder un mundo. Cada pajarraco era un pterodáctilo como los del libro aquél, tan pesado. Cada árbol tenía ramas que podían ser brazos. Cada hormiga cargaba su casita, cada sierpe era un cabello engrosado de su tía, el canto de las aves era el reverso del griterío horrible que a veces le llenaba la cabeza.

La palabra aventura, que pronunció su madre cuando le propusieron ir en busca del carnero, parecía adquirir ahora todo su esplendor abigarrado. Una cosa era el campo desde el tren, y otra el campo vivo, donde no se mira a ese lejos que pasa monocorde, sino al cerca, a ese inmediato que es el grillo y la rana y la víbora y el caballo y el galope, y otra vez el caballo.

Tardaron poco más de una hora en asumir que estaban perdidos. Ya el pueblo no se veía. Ni tampoco ningún otro. Sólo un campanario, seguramente vecino del antiguo ingenio azucarero, se alzaba a lo lejos, muy lejos. Subieron a una colina, todavía sonrientes, la sonrisa inicial de la pérdida, y ya no les quedó más opción que comentar en voz alta el extravío. Alguna palabrota. Otro sorbo de café, el padre. El vecino dijo que no, que tenía sed. Comenzaba a peligrar la utopía.

¿Sabes qué pasa cuando cuentas algo que te ha ocurrido? Que te come un prurito de verdad y estropeas la narración, todo el tiempo recordando, reconstruyendo. Por eso yo no cuento nada que me haya ocurrido realmente. Cuando me piden que cuente algo de mi infancia, por ejemplo, me invento historias, porque si no aburriría a mis interlocutores. Dejo la memoria para los momentos de olvido… sí, sí, de olvido… cuando puedes hacer lo que quieras con lo que has visto, porque nadie te pide cuentas, ni quien te escucha, ni el ejercicio de recordar.

Echaron a andar en dirección al campanario. Ya no podían seguir caminos, caminos que no conducían a ninguna parte, y atravesaban la maleza con la mente puesta en el ingenio, ahora, una vez que descendieron de la colina al campo llano. El padre de Buenaventura abría la marcha, ayudado por una rama que había arrancado de un árbol. Al niño lo habían situado al centro, como para que no se extraviara más que ellos mismos.

Buenaventura sentía un dolor irreprimible en los pies, llagados, y en las piernas, atacadas por las yerbas. Pero no se quejaba. Una resolución grave, gravísima, lo hacía caminar con la vista al frente, concentrado en la ruta imprecisa, y en la más severa convicción de que si se quejaba perdería todo lo que había ganado en la mañana de aquel día. Todo aquello a lo que aún no podía dar nombre.

Decidieron tomarse otro descanso. Los mayores se secaban el sudor de la frente, de la nuca, del pecho. Buenaventura se sentó con el tronco muy recto, varonil, como si siguiera de pie.

Fue entonces cuando vio el exilio por primera vez. Se acercaba directamente hacia ellos. Era una masa enorme, artificial, como un Golem de barro. Su padre —¿lo habría visto?, se preguntó muchas veces después Buenaventura— se puso en pie de un salto y gritó: «¡Andando, no sea que nos agarre la tormenta!».

Y echaron a caminar bajo el sol hasta que dieron con Inocencio y degollaron el carnero.

4

(Obra que se continuará representando en un acto, aunque los sucesos colaterales que organizan al teatro del mundo consigan desviar a ratos el interés del público.

Cuando esos desvíos sean tan flagrantes que incurran en el insulto y la grosería, los actores detendrán la representación, evitando mostrar cualquier sentimiento —ansiedad, molestia, arrobo, agradecimiento—. Esa indiferencia ante la arrogancia del mundo quizá les permita conseguir que el resto de los acontecimientos pase a formar parte de la obra.

Habrá, dentro del único acto, tantas escenas como desvíos y tantos escenarios como recodos.)

Personajes:

La Sebosa
El Alemán, o Martin Heidegger
El Inquiridor, o Buenaventura Vichy
Una camarera

Primera escena

(Una pequeña oficina en el centro del escenario. Sobre las tablas, en el área que queda fuera de los tabiques finísimos que la cercan, se pegarán hebras de nylon, que movidas por ventiladores invisibles harán que el viento soplado por los dioses se haga presente. Al fondo de la oficina un enorme retrato de los dos actores implicados en esta escena, que en algunos momentos —dejados al arbitrio del tramoyista— se sustituirá por un espejo. El mobiliario: un buró con patas delgadas de hierro, algo oxidado, y encimera de plywood, dos butacas forradas de buena, ajada piel; un farol chino y un estante con libros y carpetas. El Alemán lleva unas gafas de esas que llaman

«montadas al aire», un traje negro de Hugo Boss y una pajarita grande, clownesca. Cuando suba el telón, Buenaventura se hallará a medio paso entre el soplido de los dioses y la estancia apacible en la oficina. Tambaleante, tomará asiento ante el Alemán, que estará hojeando unos papeles. Lo estrujado de su gabardina y el barro en los zapatos denotarán que acaba de atravesar una tormenta. El telón caerá y se levantará en un mismo golpe de palanca y comenzarán a leer, como declamando, sus textos.)

ALEMÁN: –Usted me dice que solicita asilo político. Me pone ante la dimensión óntica del Heimat, del terruño, del acogimiento, del asilo, y ante la insondable dimensión ontológica de lo político.

INQUIRIDOR: –No, yo lo sitúo a usted sólo ante mí mismo, ante la humedad del débil, la acuosidad del paria, el océano del advenedizo. Lo pongo ante el que huye para asilarse en una entelequia, la de una proyección inconstante, como la propia Europa. En definitiva, ante un tema de física: un cuerpo en tránsito de lo líquido hacia lo sólido: un tema viscoso. Nada más.

ALEMÁN: –Dígame su nombre, señor. No olvide que entre lo óntico y lo ontológico siempre ha de mediar un cuestionario.

INQUIRIDOR: –Me llaman Buenaventura Vichy. Nací probablemente en Madrid. Igualmente probable es que sea hijo de Francisco de Goya y la Duquesa de Alba. No soy, entonces, más que un capricho de lo social.

ALEMÁN: –Dirección permanente.

INQUIRIDOR: –Ya no tengo dirección permanente. Me he ocultado largo tiempo en la proposición primera del *Tractatus logico-philosophicus* de Ludwig Wittgenstein, donde se lee: «El mundo es todo lo que acaece».

ALEMÁN: –Sin duda es una inmejorable dirección de la que partir. ¿Su dirección actual?

INQUIRIDOR: –Una a la que apenas consigo llegar. En el propio Tractatus, la proposición 7, donde se lee: «De lo que no se puede hablar, hay que callarse».

ALEMÁN: –Su número de teléfono o fax.

INQUIRIDOR: –¿Ha dicho usted tele-fax? ¿Cree usted que alguien podría tener acceso a la dimensión distante, final –télica– de lo originario, lo auténtico –lo facsimilar–? ¿Acaso cree que si yo dispusiera de semejante artefacto solicitaría asilo?

ALEMÁN: –¿Profesión?

INQUIRIDOR: –Cubano.

ALEMÁN: –Lenguas que domina.

INQUIRIDOR: –Sólo la mía: lúbrica, bífida, silenciosa. Cubana como las palmas: verde como la cirrosis, áspera como la frustración, móvil como un corcel alebrestado por el toque de clarín.

ALEMÁN: –¿Estado civil?

INQUIRIDOR: –Carezco de estado civil.

ALEMÁN: –¿Perdón?

INQUIRIDOR: –Desconozco los conceptos de estado y de civilidad.

ALEMÁN: –¿Es usted un anárquico?

INQUIRIDOR: –No, todo lo contrario. Quisiera ser un buen ciudadano, uno de esos dóciles padres de la barbarie.

ALEMÁN: –¿Proyectos?

INQUIRIDOR: –Nulos.

ALEMÁN: –¿Filiación política?

INQUIRIDOR: –¿Perdón?

ALEMÁN: –Dije política.

INQUIRIDOR: –No entendí la primera palabra.

ALEMÁN: –Filiación.

INQUIRIDOR: –Política.

ALEMÁN: –¿Perdón?

(Quizás este sea un buen momento para sustituir el retrato por el espejo. Ambos personajes sonríen. En sus labios habrá esa mezcla de expectación y dejà vu, *propia de todo trámite burocrático.)*

INQUIRIDOR: –Supongo querrá que le cuente cómo he llegado aquí.

ALEMÁN: –No, se lo contaré yo. Usted me hablaría de medios de transporte, visados y demás artificios de la modernidad. Quien debe explicar cómo llegó usted aquí soy yo, pues he sido quien lo ha traído. ¿Se asombra? Vicio cubano el asombro; otro: pretender que han llegado al lugar que hoy ocupan por sus propios pies. Y no hay nada extraño en que así sea: la inocencia sobre el origen de los impulsos que los guían está prevista y conformada por el Proyecto.

INQUIRIDOR: –¿El Proyecto?

ALEMÁN: –Sí. El Proyecto, o Plan Trianal, como le llamaba una discípula mía, de triste memoria para Elfriede, mi mujer: los cubanos sodomizan a los Estados Unidos, los Estados Unidos a la izquierda mundial, y esta última a los cubanos. Como la serpiente mítica, pero con algo de picaresca. Una mística bastarda, psicodélica, eufórica, como si Walter Benjamin leyera a Scholem en una tarde de la Ibiza de preguerra, bajo los efectos bondadosos del haschich.

INQUIRIDOR: –¿Acaso Benjamín consumía haschich en Ibiza? ¿No son algo anteriores sus experiencias con alucinógenos?

ALEMÁN: –Le confieso que su vocación por la precisión histórica, que conozco de antaño, me excita sobremanera. Especialmente porque apoya la pasión con que he defendido el éxito del Proyecto contra los que sostienen que ha fracasado en el más importante de sus objetivos. A saber, que los cubanos asuman trágicamente su destino. Los detractores del Proyecto acusan a los cubanos de ligereza, de no saber coordinar sus movimientos con la precisión minuciosa de un mecanismo de relojería suiza.

INQUIRIDOR: —No me negará que le debe el símil a mi paja: de mi esperma anacrónica directamente al fabricante Tissot, tocayo del autor de la encantadora Onania. *(El público saludará su interrupción con un murmullo de alivio que tornará a acidularse.)* No me sorprenderé si se asoma a tanta relojería el padre de Jean-Jacques, y me comienza usted a emilizar…

ALEMÁN: —*(Diríase que agradecido.)* No, no… Este último reparo, lo habrá adivinado, es de Musil. Me decía en una ocasión: «El cubano siempre será un hombre con atributos, y el primero de ellos es la ligereza». Fue él quien redactó una memoria, que José Antonio Saco presentara en el hospital que lo vio nacer a usted, donde acusaba a los cubanos de ligereza, superficialidad, vagancia. Las deliciosas alumnas del curso de Historia de Cuba que leyó Elías Entralgo en la Universidad de La Habana en 1951, curso cuya conferencia inaugural es conocida con el título de «Apología de las siete de la mañana» —¿la recuerda?—, en la que Entralgo comienza disertando sobre un reloj suizo que recién había comprado en Ginebra, no sospechaban que su profesor dialogaba no con sus falditas recortadas ni sus largos escarpines, sino con el adusto *herr* Musil. «Refutación sutil de Musil», escribió de su puño como título a la copia que me envió a Friburgo. Por cierto, el reloj no lo había comprado él, como pretende —¡ay de los cubanos ostentosos!—, me lo canjeó por la falaz edición neoyorkina de los *Papeles sobre Cuba*, de Saco, en cuyo primer volumen aparece precisamente el texto de Musil.

INQUIRIDOR: —Conozco la memoria, pero nunca se la hubiera atribuido a él. Parece tan cubana…

ALEMÁN: —¿Y Musil? ¿No le parece cubano? No olvide usted, como han hecho tantos, al delirante Tristán de Jesús Medina, cuya estancia en un sanatorio de los Alpes —cálida aún en el recuerdo la gracia de la nínfula báquica, luterana y delatora— entrelazó los destinos suizo y cubano, como sólo podía hacerlo el desasosiego de un cura modernista. «Ahí va el Kierkegaard de los trópicos», solía decirle Settembrini a Hans Castorp, cuando la figura magra del apóstata bayamés los sorprendía entre los riscos[2]. Don Tomás Estrada Palma, cuando pasa del gabinete neoyorkino, repleto de efluvios martianos, a la húmeda oficina presidencial, se imagina a la islita, que le había tocado en suerte desgobernar, como una Suiza del Caribe. Visita a Rafael Montoro y le dice eufórico, convincente: «¡Cuba será la Suiza de América!».

INQUIRIDOR: —Y Montoro, con gracejo criollo, le señala a la ventana abierta a la calle y le pregunta: «¿Y dónde están los suizos?».

ALEMÁN: —Buena réplica de ese zorro liberal. Él hubiera preferido que Camagüey se llamara Quebec y que desde Pinar del Río se vieran las minas de Alaska. Émulo de Gladstone, lanza un dardo afilado con la pedantería de Bernard Shaw al ojo soñador del presidente inepto. Si hubiera sido José Martí su interlocutor, hoy disfrutaríamos del contrapunto entre un William Blake antillano en una luneta de teatro londinense, silbando un gag neblinoso como los amaneceres en el Valle de Viñales, y un Churchill, que entre habano y habano, disfruta una representación de teatro bufo, con negrito descolorido, mulata adiposa y gallego indigesto, como la sobrasada. Un enviado mío a La Habana me mantenía al tanto del desenvolvimiento republicano. Era vienés, homosexual y judío. Una pieza de art nouveau, diría usted. Con afán de descubridor dedicaba el día al acopio de información y la noche a las delicias de la marihuana y la sodomía. De la Quinta de los Molinos, donde se pasmaba ante los ojos tristes del Generalísimo, a un almuerzo con sobremesa en inglés y temario

---

[2]   Nota a la segunda edición, porque no pudo haberla en la primera: En su prolijo prólogo a *Tristán de Jesús Medina. Retrato de apóstata con fondo canónico. Artículos, ensayos, un sermón* (Madrid: Colibrí, 2004), este mismo Jorge Ferrer se ocupó de glosar la vida y andares atrabiliarios de Medina, el mejor apóstata nacido en la Cuba española y las sucesivas.

amplio, como el tedio. En la noche le esperaba un cuarto de solar, donde simulaba interesarse por las magias de la afrocubanía, para lograr los favores de algún bugarrón ocasional, sórdido y potente, como mangas de agua de hidroeléctrica estalinista. Algún día La Habana amaneció excesivamente nublada; la noche no prometía especial luminosidad. Y el señor Wittgenstein, que así se apellidaba, se suicidó. Su hermano, que me lo había recomendado, se comprometió a pagar los gastos del viaje a La Habana del nuevo informante. Yo pensé en un joven cuya poesía me fascinaba tanto como a él las caricias suaves de su hermana: Georg Trakl, como habrá usted imaginado. Pero hubo un imprevisto: el hermano del sodomita suicida, cuyo nombre ostenta la calle donde usted reside… sí, el señor Ludwig Wittgenstein, se negó a sufragar el costo de dos pasajes. Y Trakl no conseguía imaginarse en el trópico, donde se está más cerca del infierno y por tanto de Dios, sin las manitas lujuriosas de su hermana. Se suicidó pensando en La Habana, aunque nunca hubiese cruzado los océanos[3]. Los suicidios han saboteado el Proyecto con pertinacia ignaciana: más tarde el propio Walter Benjamin, Eduardo Chibás, Calvert Casey, acaso Raúl León Torras, y un largo etcétera con el que no

---

[3] En una carta de Trakl a Ullmann, he leído una frase referente al paisaje tropical que éste añora; frase que me ha conducido a una cita de Bentham, también epistolar, que incluye Buenaventura en un ensayo, «El Papel Periódico de La Havana: Notas sobre historiografía y Modernidad», cuyo manuscrito obra en mi poder. No me he sentido dispuesto a anotar las palabras de Trakl, porque, malogrados ambos viajes, prefiero evocar la frustración liberal, que la poética. Escribe Bentham, siguiendo la anotación de Buenaventura, sobre el clima caribeño: «las fuentes y flores de todos los climas pueden verse a la vez, floreciendo en su máxima perfección», «la temperatura es deliciosa; hay una temperatura de verano durante todo el año». Es cierto que Bentham alude al interés que le mueve a desplazarse al Caribe en términos que le hubieran sido odiosos a Trakl: «si voy allá será para hacer algún negocio dentro de mi profesión, para elaborar un conjunto de leyes para esa gente».

le aburriré. *(Confesional.)* Y yo mismo: sólo que preferí que mi vida se perdiera en lo abisal, y elegí algo más ligero y doloroso... esta suerte de suicidio discursivo.

INQUIRIDOR: –Quizás yo sea otro eslabón de esa cadena de suicidios. El que me encuentre aquí frente a usted, el que sea tocado con la gracia de la revelación, aunque vaya resultando que el misterio sea tan baladí como un destino insular, quizás signifique que ya he muerto, o que voy muriendo mientras se me descubre lo oculto. Estaba usted a punto de contarme cómo me trajo aquí.

ALEMÁN: –Sí. Y como siempre ocurre con las historias sin finalidad, me disgregué con sólo prometerla.

INQUIRIDOR: –¿Historia sin finalidad, dice? Pensé que traerme aquí era la finalidad del Proyecto.

ALEMÁN: –Querido, un diálogo, que es de todos los viajes el que regala paisajes más dispersos, nunca pasa de ser un simulacro de finalidad. Como la anunciación no pasa de ser un simulacro de advenimiento. El Proyecto tuvo un fin: el momento en que usted y yo nos miramos a los ojos; su finalidad, si acaso, está en evitar esa fijeza, la de nuestros ojos que se rehúyen, como amantes tras el orgasmo. Quizás haya una dimensión orgásmica de nuestros destinos que se entrecrucen; un lance epifánico donde confluyan la imposibilidad del diálogo y la posibilidad sorda del silencio de los implicados en...

INQUIRIDOR: –Yo encuentro algo burda esa pretensión coordinante: usted me asaetea con su dominio de ciertos tópicos, de ciertas relaciones: yo veo en la seguridad de su retórica la imposibilidad del Proyecto, en tanto desplazamiento de lo disperso hacia el nombre aglutinante. Cada uno de los agentes del Proyecto, según va anunciando su relato de suicidios y decepciones, lo vacía de su función, dinamita la eficacia réproba de un acontecer maldito: el de la conjunción de un pueblo con su destino en el plano de la experiencia histórica.

ALEMÁN: –Pero usted está aquí: usted asume ese destino entregándose a una dialéctica no menos burda que mi retórica. Quiero pensar que no pretenderá descalificar mis palabras circunscribiéndolas a un ámbito predeterminado, al de la autenticidad, por ejemplo. Sepa que el discurso que he elaborado paciente y concienzudamente en los últimos años es la demostración más fehaciente, de que mi Proyecto Cuba carga con el estigma de su imposibilidad. Y créame si le digo que en algún momento, la arrogancia de esa imposibilidad, casi me impide continuar adentrándome por las sendas que frecuentaba. La propia palabra Cuba, su dimensión oscura y abisal, su evocación geométrica –siempre he imaginado la Isla como si fuera un poliedro regular que por puro azar de las perspectivas, la técnica y la teatral, la dialógica, desluce en la fabulosa máquina de Kepler– me llevó a preguntarme por la naturaleza del lenguaje.

INQUIRIDOR: –¿Se refiere usted a lo que los comentaristas llaman el momento de su Kehre?

ALEMÁN: –Exacto. La Kehre no es precisamente un resultado de la situación cubana, sino más bien al contrario: la Cuba que usted conoce es el resultado de un cuestionamiento radical del lenguaje y la metafísica, motivado por la vida republicana. En 1937, Karl Vossler me informa de un grupo de jóvenes cubanos que podían implicarse en el proyecto. Les envié mis libros. Uno sólo de ellos percibió tras las páginas de *Sein und Zeit* la obra de un cubanólogo. Se trataba de José Lezama Lima, una de las pocas personas que ha logrado incidir de manera decisiva en el curso del Proyecto. Excelente interlocutor, mantuvimos una polémica durante casi treinta años, cuyo tema constituye el vórtice del pensamiento de ambos, tal como lo fuimos conformando durante y gracias a nuestra relación. Polémica que ha pasado casi desapercibida para los comentaristas de ambos.

INQUIRIDOR: —¿Se refiere usted a la polémica sobre el Origen?

ALEMÁN: —Exacto, amigo mío, le felicito por su sagacidad originaria. Lezama me leyó con atención excesiva, por eso fue más allá de mí mismo, pero no más allá de sí mismo. Se le escapó mi sentido de la ironía y de la burla. Y no porque me asumiera con tragicidad, asunción que en él hubiera sido impropia, sino porque me empujó a un dominio donde mis palabras consagran o estallan: el dominio de la imago. Lezama supo descubrir la inutilidad de mi discurso, pero se resistió a aplicarla al lenguaje en general. En ese gesto entran en juego sus excesos y mis defectos, y entre ambos se adormece, ebria de vino agrio, la Isla, que no supimos salvar. Pero le contaré cómo surgió el Proyecto, no sea que su curiosidad se rebele contra mi elocuencia. Una tarde habanera subíamos por la Loma del Mazo con el Obispo Espada[4] en visita pastoral, cuando, de pronto, nos topamos con dos cadáveres insepultos: un cuerpo negro, macizo, ensangrentado; otro blanco, femenino, impoluto, tan frágil que podría decirse que estuvo muerto desde siempre. El Obispo se llevó la mano a la boca, asqueado más por lo pútrido de la escena que por la putrefacción misma. Desde esa altura se divisaba toda La Habana. La Habana de entonces: ¿quién puede hoy imaginarla? Recién alboreaba el siglo xix; usted apenas emprendía su viaje hacia acá. El Obispo, que parecía ajeno a toda axialidad teleológica, salvo la que le devolvía a la boca el delicioso almuerzo que horas antes habíamos disfrutado en Guanabacoa, ordenó que dieran sepultura a los dos cuerpos. Yo me aparté un tanto con el

---

[4] Se trata del Obispo Juan José Díaz de Espada y Fernández de Landa, «el más cubano de todos los funcionarios llegados de la Península», nacido a las dos de la tarde del 20 de abril de 1756 en Arróyave, Alava, País Vasco. No parece este obispo tener especial parentesco con Diego de Landa, segundo Arzobispo de Yucatán, fascinante personaje de la historia de Iberoamérica, que consiguió aunar la más meticulosa sagacidad filológica con la más denodada pirofilia bibliotecaria.

amigo que me acompañaba, entonces director de un delicioso diario habanero que Lezama antologara mucho más tarde a ruego mío, El Regañón; nos cobijamos a la sombra de una ceiba, y le vi a usted sentado frente a mí, tal como está ahora: su sonrisa, que se mueve entre la ironía y la timidez, el desdén inútil con que sacude la ceniza de su cigarrillo, el gesto impaciente ante cada espiral de mi relato. Cuando el cuerpo del negro dió de bruces contra el fondo de la fosa, pensé: ese cuerpo carece de historia: «la fuerza y el color son la negación de estas tierras, son su camino hacia dentro». A la doncella la deslizaron en la sepultura con lentitud morbosa: «Ahí va la Isla», pensé, «va con su seducción, lívida y agusanada, a esconderse dentro de sí misma». Y entonces nació el Proyecto.

INQUIRIDOR: —Permítame una acotación: nació muerto, entonces, porque nació de la muerte. Y con calores como el que me ha descrito, los resurgimientos desde las cenizas anuncian aves carroñeras... (Acaso recordando palabras otra vez dichas). Las auras, círculos concéntricos sobre la palma real, testimonio de la repitencia sagrada del paisaje, no son luz ni transparencia: son agujeros repletos de lo putrefacto, de la vitalidad siempre in crescendo de lo agusanado; y no gustan, las auras nuestras, de tópicas reencarnaciones, cuyo trasfondo mítico se pierde, cuando de hambre se trata, en lo pedestre de una cena que escapa, un desayuno que sale aleteando o una merienda que rehúye el picotazo febril para, sólo entonces, frustradas, insertarse en el mito.

5

Buenaventura, súbito y efímero carretillero, entra a la plaza por una bocacalle. Rápidos sus pasos, nadie se percata de la amable relación entre su rostro y la secuencia de ojivas en el amplísimo frontispicio del templo, acaso porque las líneas que podían dibujar esa proyección volumétrica se entretienen con la silueta de la niña de unos quince años que irrumpe en la escena al mismo tiempo.

Un perro tira de ella. La tensión de la cuerda que los une va hiriendo, fulminante, el espacio. Levitan las finísimas lonchas de realidad; por sus bordes resbalan gruesas gotas de sangre antes de desaparecer, destino de todas las leves crueldades, en la caída.

El carretillero observa el paso cadencioso de la niña —seguramente estudiado en tardes de espejos y ropas de la hermana mayor— con una mirada que hubiera sido lujuriosa, si no fuera porque el sol y la gravedad, entre otras taras, lo han estado castigando desde muy temprano. La mañana, para ella, es todavía la letra de una canción de moda; Buenaventura, un galán de copla doméstica y repetida.

Casi se topan —maravillas de la diagonal— en el centro de la plaza. El perro olfatea la carretilla y dirige los belfos —espuma sólida que se deposita eficiente sobre la arena, camello obediente— hacia el porteador.

Buenaventura siente un miedo lacerante, diríase que nocturno. Tiene los ojos fijos en el perro; no se percata, entonces, de que ella le mira atenta, muy atenta.

Las diagonales, como las miradas, son máquinas de unir y desunir. Salen al unísono de la plaza. Buenaventura y la carretilla hacia un almacén de materiales de construcción; la nínfula y el perro hacia el final patético de su estribillo.

En la entrada del almacén, Buenaventura se detiene a estudiar la madera, eterna, le parece, de la puerta, enorme. El dependiente bromea, con ese gracejo propio de los obreros que nunca han leído a Marx:

—No vendo la puerta. Así que si quiere algo, pase adentro.

—¿Tampoco vendes las bisagras? —corresponde a su amabilidad Buenaventura.

—Si la oferta es buena, te las llevas, pero sólo si cargas también con esa puerta horrible.

Ríen ambos el retruécano. Buenaventura le explica:

—Quiero hacer un tabique en mi habitación. Llevaré ladrillos, cemento, arena y agua.

—¿Agua?

—No, no, todo menos el agua.

—¿Qué medirá esa pared?

—No lo sé aún. No la quiero cerrar arriba para que compartan, los dos ambientes, la luz y el aire. Digamos que con cien ladrillos y unas bolsas de cemento y arena me bastará. Si hiciera falta algo más, ya volveré.

—Tendrás que dar varios viajes, porque en esa carretilla que traes no es mucho lo que cabrá.

—Me gusta viajar.

—¿De qué país vienes? —confianzudo, el vendedor de bisagras con puertas.

—Me lo han preguntado ayer y he respondido que de la página de un libro...

—Uno de geografía, supongo.

La carretilla pesaba más —sorpresa gratificante y promisoria para Buenaventura— que un destino cualquiera. Enemigo, el peso ominoso, de los saltos irreductibles de la acera, los brazos largos de Buenaventura apenas vencían los metros demasiados largos, kilométricos. Se fijó la plaza como primer descanso.

La iglesia lo recibió mitad románica, mitad gótica: un adefesio; la ¿impúber?, móvil de la pausa, ya no estaba allí. Apenas se entreveía, pisoteada, su sangre. Buenaventura entró a un bar lleno de hombres que hablaban de fútbol. Pidió un café solo como él, para intentar recobrar el aliento por homeopatía. Afuera un anciano se detuvo a observar la carretilla. Golpeó la rueda con su elegante bastón, demostrando unas energía y acierto en él inimaginables.

Buenaventura escuchó el golpe seco por sobre el griterío del bar. Le pareció un buen aliciente para seguir adelante. Pagó el café y se encaminó a casa.

Junto a la puerta del edificio, una mole de habitaciones multiplicadas, hamsters, en la calle Ramón y Cajal se habían detenido —antes de hacerlo Buenaventura y la carretilla con la carne y los huesos de la pared—, el aire, el ruido y la impaciencia del último portazo. La fatiga no fue obstáculo suficiente para la certeza de que aquella prisa, ahora expectante, le concernía.

Sólo dos personas sabían donde vivía: Shao, que ya siempre sabría donde encontrarle, y el Alemán, que se la requirió para hacerla constar en el salvoconducto que le había entregado sonriente aquella misma mañana: su rostro en la foto y el estigma de su dedo índice reunidos en un extraño retrato de familia. Una familia ganada por la sorpresa de la mutación. Bromearon, al entregarlo uno y recibirlo el otro, con aquello de la indistinción entre las familias felices. «No formamos una buena familia», le dijo Buenaventura a la sonrisa irónica del dador.

Rápido, reconcentrado, como si lo persiguieran, el albañil improvisado descargó los ladrillos junto al porche. Le pareció una buena excusa para no subir ahora a encontrarse con quien lo esperara, el traerse todos los materiales de construcción y subirlos a casa sólo cuando ya hubiera finalizado el ir y venir de la carretilla. Finalizada la descarga, ni siquiera se tomó un respiro. Aunque sentía que se ahogaba.

Cuando emprendió el último viaje —apenas cargada la carretilla/ valija, por ese error de cálculo que cometemos siempre en todos los viajes menos en el último, el de la verdadera prisa—, ya Buenaventura sabía que en la disposición de los personajes alrededor de la plaza —en un perímetro que alcanzaba a su cuarto, esa ínfima totalidad ya, acumulada a su vera la materia del tabique, evocadora de su análisis— algo había cambiado irrevocablemente. Otra vez en la diagonal, lo cubrió el sudor húmedo y excitante, y le advino el encanto naïve de la puerta del templo: jamón maloliente, los ciegos, acaso apócrifos, escondían sus ojos, acaso muertos, tras los vieses de las capuchas y el entrecruzarse de las viudas con los turistas, único flujo urbano discernible.

Buenaventura la olió, la fuerza de los brazos ya deshecha, camino a la trampa. Un orine fresco, amarillo, muy amarillo, lo esperaba. Dejó la carretilla. Se acuclilló. Olió. Las vibrisas: redes gozosas del único pez capturado.

Subió las escaleras corriendo.

Allí estaba Verónica. Sus piernas de quince años, ella diría que trece amparada en el testimonio de la apariencia desenvuelta de su andar, le esperaban abiertas, grácil, negligentemente, sobre el último escalón. «Una escalera mecánica», pensó.

El perro ya no se mostró hostil porque sabía, como Buenaventura, que el hombre era él, el otro, el que ascendía.

—¿Levantamos la pared? —ella.

—Levantamos la pared —él, enfundándose los guantes de látex; sus dedos encapsulándose ávidos en los túneles estrechos, gusanos engalanándose para disfrutar del post ya previsible de la cirugía.

6

Ha dejado el cuaderno, impaciente. Va al lavabo. La cremallera se resiste, ventana de persianas trenzadas, roñosas. El sexo, que ahora lo es menos, se prolonga, ácido y pródigo, sobre la horquilla/guillotina espasmódica de los dedos.

Buenaventura se libera, atento al arco variable del flujo. Regresa al salón. Ha dejado entreabierta la puerta del mingitorio. Se escucha un hilillo de agua desangrando incoloro las cañerías.

Hojea los diarios del día anterior, perezoso, como para ganar tiempo, perdiéndolo. Demasiadas noticias. Se deja finalmente sustraer –la vista se ha agitado, rápida, sobre la tipografía soberbia de los titulares–, por la maraña de anuncios, que lo divierten.

Se detiene en uno, que ocupa toda una página con su ostentosa cuatricromía. Las letras cruzan un rostro coloreado de amarillo:

El Amor respeta a la Sabiduría

(Cualquier parque te puede prometer distracción. Nosotros también ofrecemos ilustración.) Durante siglos, Confucio ha inspirado bondad, conocimiento y la búsqueda del saber. Pero, Confucio ¿una atracción turística? En Singapore, usted encontrará a uno de los más renombrados filósofos de todos los tiempos en la Haw Par Villa, sita en los Original Tiger Balm Gardens, construidos hace casi 60 años por los Hermanos Aw. Venga a pasar una tarde con nosotros. Aunque puede que usted no encuentre el sentido verdadero de la vida, le garantizamos que pasará un divertido rato buscándolo. Estamos en Pasir Panjang Road, a sólo 20 minutos de viaje desde Orchard Road.

Buenaventura lanza lejos el diario, que cae en un rincón del living, sus hojas mucho más ruidosas y alebrestadas que las alas de la mariposa de Chuang Tzu.

Hoy saldrá de casa. Necesita aire para buscar en el viento –que es la levedad concentrada, hiriente, de la nada que se inhala– las palabras que escribirá a Shao, ese otro chino.

Se levanta. Cambia el disco. Escucha atento durante unos minutos. Pergolesi, quizás: Miserere. *Miserere mei.* La redundancia despaciosa de la pena. Como en Billy Holiday, pero con menos ostentación. Con menos «gastos de producción», en el sentido perdido, de tan justo, de esas linajudas palabras.

Llaman a la puerta. Pone otro disco. No está bien recibir a la misericorde con su nombre, se dice. Bach: «La pasión según San Mateo».

Yo solía llegar en las tardes, al salir de la oficina. Pulsaba el botón de su apartamento en el interfono y me lo imaginaba lento hacia la puerta. Decía unos ¿síes? hoscos, inalámbricos, y me abría. Yo nunca usaba el ascensor, porque a él le molestaba su ruido: Falso ascendit, decía, le falta grasa al tiempo de la transfiguración. Escalaba los cuatro pisos, entraba al apartamento y lo veía en el salón. Me esperaba sentado siempre. Me besaba cuidadosamente, con la palma de la mano sosteniéndome la mejilla. Le gustaban mucho mis mejillas. Después invariablemente me preguntaba si quería beber té o café. Yo le pedía siempre café, que despide un humo más grueso. Me parecía que así su vista se demoraría más en atravesarme. Él ponía la cafetera al fuego, y mientras el agua hervía me comentaba a qué había dedicado la mañana. Estaba obsesionado por olvidar los nombres propios. Yo le discutía, al principio con vehemencia, después cada vez con menos fuerza. Una tarde le dije que también podría olvidar mi nombre. Yo confiaba en que lo escucharía decir que aunque se le escapara la palabra de mi nombre, no se le escaparía mi olor, o el contorno de mis pechos, o alguna lindeza así. Pero no dijo nada. Se puso muy serio como si le afectara la pregunta. Nunca supe a ciencia cierta lo que pensó. Me sentía tan descolocada mirándole, como cuando niña, en los días en que se me descubrió la extensión del mundo, gracias a la vastedad plural del exilio. Yo, pequeñita, veía como mi padre se marchaba, y luego nos telefoneaba desde un lugar que él aseguraba remoto. Después se fue mi madre, y me hablaba desde otro lugar del mundo, que, entonces, en un súbito, creció. Mi madre, allá en su lejanía, me decía: «Hoy he hablado con tu padre y te manda un beso». Su voz me enseñó que la distancia podía tener tres puntos, gracias a Dios, convergentes. Después me fui con mi padre, en un bello viaje del que recuerdo con claridad y alborozo al capitán del barco, que me contaba historias fabulosas sobre delfines que en realidad eran sirenas, y cosas así, y entonces ya reunida con mi padre hablaba con mis abuelos que habían quedado atrás, y descubrí el cuarto punto, como la cuarta pared del teatro, sabes. Esa tristeza que asocio con la manera cruel de multiplicarse que tienen las ausencias, la encontraba siempre en los ojos de Buenaventura. Cada palabra suya se perdía, y después su voz me llamaba desde otro sitio, y me desarraigaba, lábil. Escuchándole supe lo que era un orgasmo. Y nadie me ha vuelto a descolocar así. ¿Sabes en qué pienso cuando me masturbo? En el Mapamundi de Juan de la Cosa –¿muy excitante el nombre, verdad?– donde mi patria advino a la cartografía. Lo que me excita es probablemente ese nacimiento. Soy una lesbiana topológica, como me dijo él alguna vez. ¿La mujer de mis sueños? Alguna de Estrabón.

Lo abrumaban su belleza y el humo del café. Bien sabía que eran dos estrategias más o menos premeditadas, pero quizás precisamente por eso le daban cierta paz. La irrevocable tranquilidad de un orden que se sustenta sobre el placer de invocarlo, con un gesto cualquiera: quizás una cucharilla que actúa, epiléptica – badajo febril de la taza–, o apenas un par de manos que jugaron con el pelo ante el espejo, al pasar. Ella lo miraba con sus ojazos radiantes, ponía azúcar en la taza y revolvía reconcentrada como para olvidarse que dos ojos la miraban, sonrientes.

Una tarde, me dijo al interfono:

—Ya bajo. Un amigo me ha dejado un coche y necesito salir unas horas de la ciudad.

—Conduce tú —me pidió, dándome las llaves. Iba vestido muy ligero, y el día era frío. Se lo hice notar.

—No es nada —me dijo.

Yo sabía que él conducía, pues alguna vez me había hablado de su pasado, y en él había —positividades encajadas en la bruma— viajes en coches, Buenaventura al volante.

—¿No prefieres conducir tú? —le rogué—. Estoy agotada.

—He olvidado conducir.

—¿Cuándo lo has hecho por última vez?

—No sé. Hará un par de meses.

—¿Cómo puedes haberlo olvidado, entonces?

—Me angustia conducir. En el acto mismo de pedir el coche a mi amigo esta mañana, impliqué el olvido de esa habilidad.

—¿Acaso me vas a decir que olvidas voluntariamente todo aquello a lo que temes? —yo, irónica.

Pensó un poco, o se entretuvo con el paisaje urbano —atravesábamos el centro de la ciudad—, y me dijo, despacio:

—No, a ti no podría olvidarte, ni tampoco la manera en que la vista a veces se pierde en la rodilla, rehuyendo, por un segundo siquiera, la simetría aparente de ciertas páginas que me sobrecogen.

Aparqué en una gasolinera.

—Llena el tanque —me dijo, alargándome algún dinero.

—¿Vamos lejos?

—No sé, hagamos un poco de autopista, en dirección contraria a Pasir Panjang Road —dijo.

Íbamos muy rápido; él muy tenso. Me detuve, a la hora escasa de viaje, en un área de servicio, para tomar un café. Liberó el cierre del cinturón de seguridad, pesaroso, como si le hubiera gustado llevárselo a la cafetería.

—¿Qué te pasa, querido? ¿Quieres que volvamos?

—No, no, estoy encantado.

A petición suya, tomamos una salida hacia la costa.

Buenaventura puede prescindir de todo, menos del mar, al que suele mirar con paciencia enfermiza, marinera. Nunca ha navegado, y mucho menos a contracorriente, pero vomita en tierra, copiosamente, como surfista de ocasión. Cuando llegan al pueblo costero —su amiga busca una sombra donde aparcar—, fija los ojos en el apretado espacio de la cala que se abre frente al Malecón, como si fuera ciego. Quizás lo sea, desde siempre[5].

Abandonado el coche, echan a andar. Buenaventura le pasa el brazo por la cintura. La mano toca la pelvis, poco cauta. Al principio. Ansiosa, después.

—¿Conoces a Benny Moré?, le pregunta. Supongo que era de Santa Isabel de las Lajas. Bello nombre para un pueblo, ¿no te parece? Mira que piedras. Son lajas. ¿Verdad que son bellas? Son la quintaesencia de la piedra. Y por eso llevan una palabra tan apabullante. Son piedras tan duras que dejan de serlo. Cuando niño, a veces mi padre me llevaba a su despacho, en la Lonja del Comercio. Durante muchos años Lonja y Laja eran para mí la misma cosa, no me preguntes por qué. Y el trabajo de mi padre me parecía divertido, cadencioso, como un tema del Benny.

---

[5] No diré el nombre del pueblo al que ha llegado. Por precaución. Pudiera ser Cojímar o Cadaqués. También recuerda a Sebastópol, pero visto desde muy lejos. Apasionado de los pueblos costeros, el nacimiento de Buenaventura es una sucesión de traiciones. Una de ellas: poco antes de nacer, su padre, amante de los peces frescos, compró una casita en un pueblo costero. Pueblo de comadronas poco dignas de confianza, lo llevaron a ver la luz falsa y cegadora del quirófano, tierra adentro. Pueblo de economía precaria: antes de que cumpliera el primer año de vida, su padre se mudó a casa de una tía suya, que también lo fue de Buenaventura, en la periferia de la capital.

—Querida, ¿te aburro? —le buscó de pronto los ojos, inseguro.

—No, me encanta escucharte. Tus palabras son «finas»: son lajas.

Rieron los dos. Él la besó. Bebieron café, con ron o cognac, con una llama que detuvo las palabras largo rato.

—Buscaremos una laja que me sirva de mesa, apoyada sobre un tronco —«o sobre leves piernas de acero», sugirió ella—, le dijo Buenaventura a su amiga, cuando hubieron terminado el café.

—Probablemente a buscar esa mesa hemos venido. Ya que estoy condenado a escribir sobre papel, lo apoyaré sobre una piedra.

Cargaron una laja descomunal en el coche. Un joven que pasaba los ayudó, sin mediar palabra. Buenaventura quiso darle algún dinero, terminada la faena. El joven se negó, molesto. Entre sus gestos se deslizaron algunas palabras.

—¿Eres de Praga? —le preguntó Buenaventura—. Yo echo de menos la cerveza de U Fleku.

El joven sonrió.

—También —respondió en español.

Entró al coche tan satisfecho como si la mesa eventual y aquel checo amable y ocasional justificaran todo el malestar de la autopista. Llegados a casa se subió la laja al hombro con una ligereza ingrávida. Cuando me dejó subir, a la tarde siguiente, lo encontré sentado sobre la piedra. Sonreía, radiante. Fue la última vez que lo vi sonreír.

—Yo lo vi sonreír después —le aseguró el Alemán, dando con ello por terminada la entrevista.

7

(Sin dar la menor muestra de sobresalto, tal como se les ha prescrito, continúan el diálogo.)

INQUIRIDOR: —Usted alude a lo histórico para abrirse a un ámbito que desconoce el sucederse del devenir: el espaciamiento incontinente de la muerte. Lo histórico, lo narrativo, lo procesual parecen en su relato desplegar alas vastas, como las de aquellas auras de las que hablábamos antes. Ya empiezo a entender como usted se hizo con esa falacia de presuponer la Isla en tanto proyección. Y en su deseo, también incontinente, de replicar, descubro la misma soberbia que imagino haya nublado su vista, al concebir el Proyecto en aquella lejana mañana en que Buenaventura Pascual Ferrer dejaba descansar su pluma agria, para pasearse en una procesión, de la que nada se atrevería a criticar incluso él, maestro de la asofrosinia. Me estimula su descripción de la destreza, cuando reproduce la improvisación de aquellos sepultureros; usted casi me obliga a escuchar el golpe fofo de la carne muerta al descubrir la frialdad rugosa de una tierra, sorprendida por la aparición de la luz total de los trópicos; luz que quizás hiciera un millón de años que no veía, y, lo que es más curioso, por una súbita homeóstasis, su discurso adquiere los tonos oscuros de lo definitivo, cuando la evoca. A la muerte, quiero decir. Le contaré un sueño para aligerar la sombra de esa muerte que usted ha invocado perifrástica e intempestivamente. Un sueño donde la muerte, la perífrasis y la eufemia proverbiales...

ALEMÁN: —El silencio, querrá decir: el no del verbo que se sustancia como imposibilidad: *quotation* en falsete, alocución desquiciada de afásico, su pausa ansiosa ante el Verbo que viene, viene, pero que siempre termina cortándose como una eyaculación en clave zen... Silencio porque no se puede hablar, porque se impone callar...

INQUIRIDOR: —No, no. No he dicho silencio, porque es una de esas palabras donde lo aproximativo, en tanto desliz cortés del signo, llega al paroxismo y se cumple: hay que callar cuando se ha proferido esa palabra, como niños en un colegio, revuelo de bolitas de papel, risas, alguna palabrota... no advierten al maestro que ha entrado de improviso en franco desacato al ritual del timbre, que aún se espera, y da un ¡Silencio! sordo, sin alardes, sin histeria de maestra de pueblo, es decir, sin juventud, sin lujuria, sin despotismo. ¡Silencio!, y salen del divertido bochorno del griterío y el corretaje, todas las bocas cerradas a una, evitando mirar al maestro para no ser elegidos para el responso, que, aunque general, exige una víctima propiciatoria –de la generalidad, precisamente. Eso es silencio, algo previsto e impuesto, como la redención. Yo, en cambio, he dicho perífrasis y eufemia proverbiales, circunloquio expeditivo, no del mítico vuelo de una mosca que se escuchase perfectamente en un eventual salón de los aletazos perdidos, sino del discurso del logos desde sí hacia sí; expeditivo de la enunciación blanda de la *aletheia*; carácter expedito y blandeza que son consustanciales a todo lance intempestivo, donde se entrecruzan y se superan los relatos. Pero permítame que le relate mi sueño. Estoy de pie en el proscenio de un anfiteatro. Las gradas están llenas de romanos, que me miran con una atención absoluta, morbosa, primaria. Sonrío torpemente y trato de escabullirme tras el escenario. De éste se abren cinco corredores, como en el teatro de Palladio en Vicenza. Me detiene la incertidumbre sobre el camino que debo elegir para abandonarlo. El público se pone de pie: según el camino que yo elija irán moviéndose, corriendo por las gradas para situarse en un ángulo que les permita acceder al drama que represento. Todos parecen saber en qué consiste la trama. Se me ocurre que sea acaso ese desconocimiento lo que constituya la trama. Sé como funciona el teatro; sé que cada una de las cinco puertas conduce a otros tantos corredores, en cada uno de los cuales se desarrollan sucesivamente las mismas escenas para que todos los espectadores desde cualquier luneta de las gradas, las disfruten con única perspectiva. Y ese saber requiere de mí una pragmática de actuación de repitencia sucesiva e idéntica cada vez. Recorrí los corredores uno a uno. Entraba y llegaba hasta el final; cada uno reproducía mis pasos ansiosos. El público seguía con extraordinaria atención cada uno de mis gestos. Era evidente que me tomaban por un mimo. Aplaudían, con dos palmadas fuertes, abrasivas, cada silencio, cada golpe de eco, cada asomo al vacío. De vez en vez los espectadores intercambiaban miradas cómplices, como si descubrieran a quién correspondía la imitación. Salí del último corredor como quien nunca hubiera entrado al primero. Contra el lleno de público, feliz recaudación del erario, mi sensación de vacío, mi convicción de que se me confundía con otro y mi sospecha, corroborada por cada golpear de palmas, como bofetones a mi incredulidad, de que ese otro podía ser yo mismo. El tercer corredor, el central, me devolvió a la escena menos tenso, más convencido de que el performance era irrevocable, de que la puesta en escena obedecía a designios menos crueles que mi público y más alevosos que mi sorpresa. Paseé mi vista por las gradas, y pregunté en voz muy baja, como ajena, pero perfectamente audible para cada uno de los presentes, por la razón de mi presencia. Y se hizo un silencio nada cómplice; un silencio apenas matizado por un murmullo burlón, todos gozando ante mi torpe desempeño en la escena, mi errancia por el erial, mi *wasted land*. Vi muchedumbres sentadas en círculo, como dos veces T.S. Eliot, vi el rebote punzante de mi coseidad pública, vi a un Parménides bíblico entre dos bellas romanas semidesnudas; vi a Jesús, que miraba a otra parte, ido, lelo, incrucificable. El testimonio de la presencia por la que inquiría, era la pregunta misma, que, cinco veces repetida, llenaba la sala. Pero la sala era el teatro de Palladio y cada pregunta se iba situando en un corredor, predispuesto con hábil tramoya; yo me movía, y cada vez que profería un «¿quién soy?» se me devolvía una pregunta diferente. Y entonces comencé a hablar, con voz audible como el tañido de un vaso de bronce. Dije que no tenía nada que contar, que probablemente mi existencia no iba más allá del suceso unívoco de esa representación multiplicada. Y conté el por qué.

Articulé, ingenuo de mí, todo el descrédito acumulado, tras cada asomo tramposo de lo sórdido, de la eventualidad de los sucesos. Ya no recuerdo exactamente qué dije, porque no todo se recuerda cuando uno se despierta con la boca pastosa, con los ojos ciegos. Quizás hablé de mi negativa a contar: quizás relaté algo gracioso sobre mi incapacidad de contar. Sí recuerdo que el público, que primero parecía divertido, comenzó a aburrirse, y una suerte de impaciencia ante la exposición de lo inenarrable fue llenando la sala, subiendo por las gradas. De pronto –probablemente llegados a este punto empezaba a amanecer y el ascensor de mi edificio, que conduce al trabajo a mis vecinos, en su mayoría funcionarios madrugadores o vendedoras menopáusicas, deslizándose la máquina a apenas diez centímetros de mi molestia matinal– ese maldito ascensor, digo, debe haberse puesto en marcha, cuando alguien dijo que se precisaba un árbitro, figura proverbial de la comedia romana, y subió a la escena Petronio, Petronius Arbiter, para invitarme a una cena en la que cada plato era una historia, y su digestión el proceso de escritura. Una limousine conducida por Trimalción irrumpió en la escena, como en una vieja puesta en escena del Revizor, de Gógol, y entonces me alcanzó el timbre del teléfono, aliado matutino del ascensor.

8

El exilio presupone la muerte con la misma pertinacia con que la Bildung presupone la memoria, porque asistir al cese de una vida con la que te has cruzado es la manera más patente, quizás la única tangible, de la continuación indeleble de la propia. Y de su contingencia.

Por eso es que para el exiliado, que es un ser escindido del locus originario de su memoria –camposanto donde reposan los rostros difusos de su identidad– ver morir a alguien es un acto supremo de fundación.

El exiliado tiene siempre a mano la coartada de tantos cadáveres sidos en otro sitio, como asidero del ocio, el relato y la demencia. Pero la historia en la lejanía es siempre una suerte de catequesis de la frustración, y requiere, con el tiempo, de la fundación de una hiasis biográfica, ese punto vivo en el relato que es una muerte, que pivotee sobre el único suceso cuyo carácter liminal es externo y universal: una biografía del que ya no es.

Buenaventura, precoz, cuando supo que debería enajenar su memoria, lo primero que hizo fue encaminarse a Père Lachaise, donde pasó varias horas andando, absorto o descubridor ante una lápida, o simplemente sentado en el césped.

En la tarde, antes de marcharse, quiso detenerse ante la tumba de Proust, como si confiara en que la vista de esa tumba, que sabía bella y sobria como ninguna, consagraría un día dedicado a las exequias de su memoria.

Engañosos los mapas, cartografía del reposo, no conseguían, él y un amigo que le acompañaba, dar con el sitio donde reposaba Proust. Finalmente, mal encaminados por un tópico trío de amables enterradores, le preguntaron a una señora que merendaba sentada en un banco:

—Perdón, madame, ¿podría indicarnos dónde está la tumba de Proust?

Ella les miró amable, el bocadillo también atento.

—¿Cuál Proust? –preguntó–. ¿Marcel?

—Sí, Marcel.

—¿Ven aquel panteón? –señaló–. Cuando lo alcancen, giren a la izquierda y se toparán inmediatamente con Marcel Proust y toda su familia.

Buenaventura estuvo a punto de preguntarle si también merendaban. Pero su mal francés lo inhibió. Era el tipo de frase, como casi todas cuando se habla de la muerte, que construida sin pericia y elegancia podía resultar grosera.

Ante la lápida, le pareció que la sombra larga de una rosa sobre el gris pulido del mármol bien justificaba la omisión de la siesta. Se sintió adormecer.

9

ALEMÁN: –El carácter abierto de lo germinativo, el ser-hacia-la-eyaculación-de-lo-mismo, es el efecto más originario del Ser en tanto Don. Acontecimiento de lo germinativo que es transposición de la finalidad por medio de lo arcaico, lo primigenio; es el Entre (*Zweischen*) que despliega el deseo, absorto ante la mágica imposición de la cuadratura (*Geviert*). «Primigenio y desnudo», decía Lezama en un comentario cubano, es decir, esquivo y oblicuo, a una carta mía. Desnudo, dionisíaco, danzante: Lezama, como cierto yo, recababa circularidad, armonía, para un mundo de geometría excesivamente gozosa de los ángulos; una Santa Teresa en un estudio de Le Corbusier, cuyo resultado se hubiera asemejado al Eixample barcelonés, según el Plan Cerdá. Dionisíaco, desnudo, danzante: ek-sistenciarios del deseo, que, en lance de *striptease* socrático… (El actor que represente al Inquiridor pensará para sí: «U homérico, o épico, histórico, quizás post-trágico, que no es decir cómico…») ex-ponen, gota a gota, las capas adyacentes de lo desde siempre originario, en un rapto súbito de *aletheia* obscenamente dialógica, *aletheia* de sex shop, para revocar los nubarrones cogitantes y cogitativos del discurso olvidadizo –y quizás también, y entonces, cubano–, que ha articulado cierta coseidad técnica, que denominamos sexualidad… (Aquí intervino y detuvo la patética y farragosa exposición un actor hábilmente camuflado entre el público, que la emprendió con una tos carente de la gracia enfisémica de la tuberculosis; pletórica, en cambio, del *impasse* propio de la retoricidad tramposa del Estagirita.) Logos telúrico y seminal, que participa de la rareza y la unicidad del retorno multívoco, plural, dialógico, saltarín, del fundamento incoado e incoaticio de lo velado, porque el deseo es el vehículo primigenio de la Ley, o de su mimo tácito y gritón: la regla. Logos también insumiso y vaginal, porque lleva en sí la esencia de su finalidad doxofálica. Logos excogitado por lo ya-desde-siempre descabezado, ciego. Logos blando, licuado, gravitacional; logos balbuceante e iniciático, saber que se estrella contra la frontera pre-ek-stática de su anámnesis etílica, dispuesta en cualquier bar de diseño neón, como el platonismo paulino: árido y prolífico como la cábala, esquizofrénico por lo mismo, y terso como la piel de algún leproso judío, casualmente empadronado, ¡ay! de la bondad pre-informática de la estadística romana, en alguna aldea agraciada por los milagros del Cristo niño.

INQUIRIDOR: —Hablábamos, o así me lo pareció, del soliloquio poético, de la estancia en la finalidad con sonrisa de neonato, de la poiesis, de la epifanía. Hablábamos de la labilidad rugosa del instalarse, posesionarse, posicionarse; hablábamos de la consumación…

ALEMÁN: —El habla del acontecimiento apropiador, del Ereignis, empuja siempre al hablante hacia el deseo, que está precisamente en el reverso del discurso sobre la creación, es decir, sobre el desplazamiento, al que usted alude. Hablábamos de aquella tierra primigenia, terruño o Heimat, adonde se accede mediante la suspensión de la razón, que por eso se turba y desvaría; de aquel sitio, desde donde no se accede a lo público, ni siquiera mediante el acto poético cotidiano, luminoso e incontinente. Goethe, el único que pudo hablar al mismo tiempo de la luz, del color y del mal, no arrancó a Hölderlin más de dos palabras en cierta velada de Jena: porque la razón se turba tras el testimonio eclosivo e irredento del deseo, si se la evoca en *soirées* de sábado social.

INQUIRIDOR: —Suceso conmovedor, pero ¿apropiador (eigentlich)? Y, en ese «acaso», ¿apropiador de qué? Ya lo imagino, querido, hábil usted en la dinámica traductora; engañoso guardabosques de esencias que gustan del escanciarse viscoso de lo sólido, pretendiendo embarcarme, líbido fluvial mediante, en la aventura terminal de un Bosco cultor de los excesos del Iguazú; le veo a usted conduciendo este diálogo hacia la Contrarreforma totalitaria, no de un Lutero todavía testigo, luego preso, de la poderosa anámnesis de la liturgia, sino a las manos de un Lutero delirante; hacia las manos de un Lutero entregado a las cervezas etéreas de Hamburgo, y no a los vinos sobrios del Friburgo en el que usted pontificaba.

ALEMÁN: —Ligereza del fisco y ligereza de su fisgonear en el mundo; *slippery*, resbalosa, salida suya hacia una metafísica del post; dócil reverencia al Ward de Carlos III, y para no perder la geografía, arrodillarse suyo, eucaristía postbélica mediante, ante el españolísimo Paco Franco, guardián de un Occidente fractal, donde nunca cupo; paseo martiano, el suyo, por la Exposición Universal de un París en el que Villiers de L'Isle-Adam prefiguraba a un Borges, cuyos bolsillos rebosantes de aporías alimentarán a la sensibilidad postestructuralista, y valga el oxímoron, que lo ha introducido a usted en Occidente, y vuelta suya a enredarse en una tradición que repudia el salto, tanto como Berlusconi el maoísmo.

Lo moderno, no lo olvide, no es más que el soplo cálido de lo irónico sobre lo real; lo topográfico que se yergue en puntales góticos, es decir quebradizos, y se dobla en esquinas, donde siempre algún *clochard* ostenta un rostro, cuyos sudor y desazón apenas disimulan el grito del azogue que nos tienta.

(Llegados a este punto, los actores comenzarán a hacer evidente su disgusto con el público. Si este aún no comprendiera que el diálogo

ya ha terminado y que desde hace rato los actores están improvisando relaciones que no tienen otro sentido que el de molestar, éstos —y quizás también el coro— comenzarán a tararear un bolero cualquiera, el que mejor conozcan.)

…de conservar su velocidad…

Intersección de las calles 13 y L en El Vedado. Rebota la mirada contra la extensión inmóvil del mar, lo que provoca un sentimiento de insularidad puro. En el tramo que le resta a la calle 13 para perderse en el Malecón, se suceden los fragmentos de asfalto, también como islas, las casas de un desteñido neoclásico, la gente disfrutando del ocio espurio de La Habana transcolonial.

La calle L sube hasta la Colina universitaria, cuya escasa cima queda oculta desde nuestra esquina gracias a un inexplicable exabrupto de la calle 21. Si desde allá, 21 y L, dejáramos descender la vista, parecería que uno se asoma a un abismo de juguete. Esa percepción de lo seudoabisal ha hecho sonreír a Buenaventura más de una vez.

Ahora, en cambio, no sonríe. Sus ojos se cierran, esquivando la luminosidad ubicua del meridiano tropical, siempre a la caza de un gesto de asombro para penetrar, punzante, hasta la silla turca, estrecho asiento del sentido común.

Buenaventura está de pie bajo un sol que parece apoyado en su espalda, tan sólida y húmeda su presencia. El edificio López Serrano proyecta una sombra zigzagueante, como insegura, sobre las baldosas del pavimento.

Ante él se extienden cinco largas hileras de libros, que un improvisado vendedor ha dispuesto en la acera, con paciencia de geómetra pitagórico, como frutas en un mercado de Bagdad. Cada libro está calzado con piedras de escaso peso, como de nieve, que los protege de la acción aviesa y destructora de la brisa. Y refractándose sobre la nieve, la luz del sol, que decolora los libros con pertinacia de fuego fatuo en fiesta popular. Buenaventura busca un libro que lo arrastre a la siesta. Páginas de letra menuda, que ofendan el misterio de la lectura, con un contenido más blando y reposado que el salto de las ovejas.

Tras pasear su mirada, rápida y desdeñosa, sobre el mosaico de títulos y nombres propios, elige los Diarios de José Martí, en la edición de 1956. Retira la piedra que ha impedido que la carátula echara a volar con un gesto lento, diríase martiano.

De una billetera sucia –una vez desplegada deja ver fotos, imágenes de santos, papelitos– saca unos billetes arrugados, casi rotos. En ellos la cara de Martí parece centenaria. «Parecía que el Apóstol iba a morir en el año de su Centenario, y apenas se ha arrugado», parodia entre dientes.

Hace una seña al vendedor, incitándolo al intercambio simbólico: tres diarios de Martí por tres billetes con su rostro grasiento y sudoroso. El de Guatemala, juvenil e ingenuo, el de Montecristi a Cabo Haitiano, donde se anuncia el fin con paso apresurado, y el último, escrito ya en la tierra prometida, donde la fatalidad deviene página inconclusa. Prólogo de Fina García Marruz, que el librero regala: en Cuba no hay billetes con efigie de mujer. Sabe que los diarios de Martí sólo condujeron al sueño a su redactor, pero confía en el prólogo gratuito para adormecerse.

El vendedor, achinado como sólo consiguen estarlo ciertos raros jarrones, ha salido con paso ágil de la sombra. Agilidad que parece reñida con su edad imprecisa aunque más propensa a la duda del arqueólogo que a la del inspector del censo municipal. Se acerca a Buenaventura dando saltitos, como piruetas, ya sea porque teme que la luz y el calor lo penetren o porque se apresta a vender el primer libro de la mañana.

El chino estruja aún más los billetes al deslizarlos, con esa impertinente avidez que exhiben las prostitutas recién llegadas de provincia, en un bolsillo elíptico, su boca oculta tras los faldones de una guayabera un par de tallas más grande de lo aconsejable.

Se ofrece.

—Tengo otros libros de Martí, ¿le interesan las obras completas?

Ha pronunciado «obras completas» con voz grave, como si quisiera arrojar de sí todo el peso de la totalidad. De todos modos el ofrecimiento acusa cierto desgano, que delata la sonrisa falsa y teatral, que lo acompaña.

«¿Será la edición Trópico o la del Consejo Nacional de Cultura?», se pregunta Buenaventura, y se regocija de poder plantear una interrogante, cuya solución no variará absolutamente nada el curso del mundo. Le dice, con una seguridad hija del hábito:

—Yo no leo a Martí, no es por su autoría que he elegido este libro; prefiero las comedias asumidas a las mal llevadas. Sepa usted que cuando voy al circo trato de olvidar que los payasos también pueden ganarse la vida protagonizando *reality shows* en noches de sábado, a la misma hora en que los niños van a la cama, ya lista la ropita dominguera que vestirán camino al circo cuando despierten.

—Hace mal, joven.

Sorprendido por el desdén con que ha sido recibido su ofrecimiento, el vendedor, con una lentitud que parece provenir de antes, mucho antes de que se contaran las horas, le replica:

—Los payasos, cuando son verdaderos, convierten la mostración, el show, en un simulacro donde lo tragicómico se confunde con lo propio, en el sentido heideggeriano de la palabra. Y créame que Martí podría enseñarle mucho a ese respecto, porque conoció el secreto de la cuerda floja tan bien como las mañas para alimentar a las fieras del circo.

Volvió el chino peleón a la sombra, despacio, diríase que contrariado. Pero la seguridad de su paso era la de alguien que sabía que había abierto una puerta y encendido la luz.

Buenaventura, sabedor de que había entrado a una habitación amplia y amueblada con gusto dieciochesco, pasó por sobre las hileras de libros, esquivándolos, como si quemaran. El sol se deslizó desde su espalda hacia el suelo, que quedó atrás humeante, molesto, casi rencoroso.

—Busco una edición de los diarios… —y le tendió el libro como para no dejar dudas— que contenga las páginas escritas el 6 de mayo de 1895.

—Puedo ofrecerle algo mejor.

El viejo tomó el libro, lo abrió con un arte que delataba a un necrófilo practicante: suave, segura, concentradamente, y arrancó las páginas marcadas por la fecha del 5 de mayo. Se lo tendió de vuelta con gesto satisfecho, como aleteo de ganso que ha logrado escapar de la saña impostada de un cazador primerizo.

Buenaventura sonrió, sacó un bolígrafo y escribió en una de las páginas arrancadas un número de teléfono. Se lo tendió al viejo, le dio la espalda y se fue a dormir. Sabía que en la habitación que le habían abierto lo esperaba una cama blanda, como el tránsito del sol hacia la sombra luminosa de una verdad revelada.

Presentía que se hundiría en el sueño con la absoluta certeza de lo falso.

12

El timbre entró en la modorra de la siesta, casi dispuesto a adormecerse. Se instaló en la habitación, con la secuencia perfecta de lo esporádico. Fue ocupando el espacio de la misma manera con que entramos en el sueño, con la sensación de que perdemos algo para ganar la continuidad de ese imponderable.

Cuando el quinto timbrazo comenzó a acomodarse en la almohada, su griterío quedó trunco: ya una mano levantaba el auricular, y en tono ambiguo, situado entre la aseveración más radical de un apotegma socrático en boca de un preceptor decimonónico[6] y una duda de ontología precongelada, como de supermercado, titubeó:

—¿Sí?

—Buenas tardes. Un joven que no lee a José Martí ha anotado su número de teléfono en una página arrancada de los diarios manigüeros, me ha dado la espalda y lo he visto alejarse con un bostezo tan jovial como un parlamento de sofista ante una concentración de mercaderes atenienses. Me he sentido doblemente aludido con la insensatez aparente de ese joven, porque también suelo bostezar de aburrimiento cuando leo chismorreos de existencias ajenas, es decir, imposibles, y además soy mercader de saber condensado en celulosa, es decir, de libros. Por eso no me he resistido a la tentación de discar inmediatamente el número. Al encontrarme con el carácter a un tiempo dubitativo y afirmativo de esa interjección que usted ha dejado correr por los hilos telefónicos, se me ocurre que nuestra conversación podrá rodar a la calle ante cualquier tropiezo de mi voz con la impericia de un empleado de la empresa telefónica.

—Menuda empresa invoca usted, ya desde el inicio. En cualquier caso no creo que debamos temer un tropiezo con un pliegue del cable que nos comunica. Si acaso un tropezón con las patas de algún pájaro, que, como yo, duerme la siesta al amparo de alguna cerámica, de esas que aíslan a las serpientes irredentas de la telefonía, como para que no se muerdan. Pero esa invocación apunta

---

[6] Si se pudiera reunir alguna noche un público tolerante para la representación, el Coro en este punto leería la carta de Pestalozzi a Anna Schulthess que Benjamin considera «una de las mejores cartas de amor de la literatura alemana», y que comienza con una aquí muy pertinente sentencia: «Cuando un venerable monje ofrece su mano a una muchacha en el inocente banco de una iglesia católica sin cubrirla con el áspero paño de su hábito, debe hacer penitencia».

más hacia la eventualidad de un echarse a volar de nuestros sonidos, que usted menciona con agilidad de ceramista. Como verá, me ha sacado usted de la siesta, invocando al bueno de Benvenuto Cellini, cuando yo soñaba precisamente con él. Le cuento: nos encontrábamos en Roma. Paolo III aún no se había pronunciado a favor del indulto y decidió –sabe Dios por qué– que había sido yo quien había informado al Vaticano del curso irregular de su trabajo, y ya se aprestaba a apuñalearme. El timbre del teléfono lo ha asustado y ha corrido a refugiarse al amparo de su padre. El que usted me aleje de esa muerte renacentista invocando la telefonía y una página de los diarios martianos que alguien ha arrancado, quizás tenga que ver más con la telepatía, la transmisión a distancia de un pathos, el de la muerte, que se rescinde a través de la palabra. Con Benvenuto hablar era imposible. Veamos qué podemos hacer con usted. Algo me aclaran las circunstancias en que obtuvo mi número de teléfono: si ese joven se lo ha escrito en una página cercenada, que imagino amarillenta y ajada como las manos crueles de Cellini; si le ha dado mi número de teléfono y su espalda con un mismo gesto, probablemente pretenderá que usted y yo desandemos algún camino. ¿Le ha insinuado a usted cuál?

–Mas bien he sido yo quien ha mostrado ese camino: me ha solicitado una edición de los diarios que contenga las páginas perdidas. Yo he arrancado la anterior, y ha sido en ella que ha anotado, en diagonal, como si quisiera redundar sobre lo oblicuo de esta comunicación, el número suyo. Quise con ello mostrarle que la completud de ese episodio, magnificado por los archivistas, radica menos en una hermenéutica generativa que en la generación creativa sin más, en la poiesis… en la ostentación de la imposibilidad latente en cualquier revelación. He pretendido mostrarle a ese joven que la historia se mueve con más comodidad cuando ignora que cuando desvela. Por eso, me ha resultado muy curioso que usted invoque pájaros que aletean, como presuntos imposibilitadores del diálogo que él ha propiciado. Porque fue precisamente de la aletheia, de la verdad como desvelamiento, de lo que pretendí hablarle, mediante gestos maximalistas; joven, del que sólo sé que gusta de las siestas y no del ensueño apostólico de José Martí.

—Ese joven se llama Buenaventura, aunque su proceder disimule su nombre con la misma ofuscación con que consagra su apellido: Vichy. Pero no creo que debamos hablar de él, salvo si no pasa de ser una referencia onírica, como hemos hecho antes con el bueno de Cellini. Por cierto, Buenaventura y Benvenuto, no imagino dos nombres más promisorios para que amparen nuestra conversación. Tanto más, cuanto que, si es que domino los hilos de la significación adolescente, ese joven, al enviarme a alguien, a usted, me está anunciando su retirada.

13

—En mesas breves como ésta las mismas agujas podrían tejer un mantón o una historia. O ambas delicias al mismo tiempo. El mantón la cubriría, nos acodaríamos, una copa de vino derramada ganaría el espacio de una mancha, sonreiríamos, volveríamos a servir. Y todo un domingo se espaciaría, mientras jugásemos a interpretar lo que nos sugiriese la mancha tinta, como en una consulta de psicoanalista. Y sospecho que usted, señorita, cual Freud ocasional, sería tan expedita y eficiente en ese lance hermenéutico como una máquina de tejer de la revolución industrial, con lo que se cerraría el círculo y volveríamos a la mesa y las agujas —ha dicho nuestro conocido, el vendedor de libros, que ahora, recién duchado y afeitado, viste un traje de dril y rezuma una limpieza aséptica, hospitalaria, como de sudario recién salido de la rueca.

Está sentado en una *brasserie* de salón enorme y populoso. Se escuchan voces múltiples, pero no como en una novela de Dostoievsky, sino como diálogos de prostitutas regordetas en algún puesto de mercería del mercado de San Petersburgo, el Gostinyi Dvor, donde el folletinista veía escapar sus kopeks y su mansedumbre por entregas, como los vaivenes del discurso paneslavista.

La camarera continuó sirviendo el agua impasible ante la invitación, o lo que así le pareció, que le hacía aquel comensal elegante y atractivo. Por el agua, que se deslizaba caudalosa hacia las copas, navegaron en un súbito, su madre, pertinaz tejedora en el sopor de las tardes meridionales, y un verso que le escuchó leer a su padre en una lejana noche de insomnio y masturbación: «Dánae teje el tiempo dorado por el Nilo...»

Pero un segundo hombre se aproximó a la mesa y la camarera fue de pronto una cortina que se corre para dejar paso a una escena de guiñol:

—Buen día, caballero. Lo he reconocido al instante, a pesar del terciopelo espeso que lo cubría. Mi nombre es Allen Meisner. Puede llamarme Doctor Meisner y me sentiré fresco y sano, como rodeado de enfermeras —y le tendió las manos. Primero se acercó la izquierda, con un anillo de responsable peso, en avanzada, y ya cuando el roce era una inminencia, se sumó la derecha, rápida como si Guido de Arezzo hubiera marcado un *stacatto* en cada falange, en un viril apretón.

—Buen día, Doctor Meisner. A mí me puede usted llamar Gerardo o Shao, como más le plazca. Y si me regala la gracia de la alternancia, me obligará a tener presente la dualidad que escinde mi origen, que, créame, no es menos excitante que toda una legión de enfermeras.

Gerardo Shao y Allen Meisner, cuando ya el segundo se sentaba, podían parecer dos viejos amigos que cada sábado comían juntos en esa misma mesa. Ambos gozaban de la facultad de ganar el espacio que los rodeaba. De pronto, mientras la camarera evocadora les alcanzaba unos menús voluminosos, como quizás nunca llegaría a ser su curriculum vitae, la *brasserie*, con sus decenas de comensales, camareros, manteles y copas, pareció comenzar a girar alrededor del foco que habían creado. Las voces, antes nítidas y distintas, ahora conformaban la polifonía vertiginosa del Apocalipsis. Las palabras eran esquirlas, chispas, vasos que se rompían.

Y ese vórtice ocasional se aprestaba a arrastrar a Buenaventura Vichy, o a retarlo. Un Buenaventura que a esa hora, muy lejos, cerraba un libro y soplaba una, dos, tres, cuatro veces, la llama de una vela, tan resistente al pneuma como la distancia que los separaba a los tres.

De Meisner se diría que era una columna perdida en un jardín o un busto de yeso semioculto por una vidriera verde. Como ese busto de Luis XIV que busca en Versailles los espejos, como buscaba favores Bernini al esculpirlo. Su rostro es una sonrisa siempre en ciernes, precedida por una voz lenta, pausada, apenas audible. Yeso parlante y sonriente pero atado a una misma palabra, a una misma sonrisa, perseverancia que es signo de gran coquetería. Se diría que nada podría salvarlo de su pedestal, salvo la oferta de llevarlo a dorar y ornar.

Shao, en cambio, rezuma flujo positivo. Un ejemplo: si hubiera leído este libro y ya supiera todo lo que va a decir y escuchar hoy, de todos modos no se hubiera perdido el almuerzo. Le daría igual placer escuchar lo ya leído que disfrutar de la sorpresa del apócrifo; Meisner también habría asistido al almuerzo, hubiera puesto este libro sobre la mesa y lo miraría con fijeza, como se mira de frente a un espejo. A Shao lo fascina la redundancia, a Meisner lo atrae la ostentación de la redundancia.

14

Se concentran en la lectura del menú. La camarera ha decidido dejar de resistirse al imán de los dos clientes y se ha quedado junto a la mesa. Ahora debe luchar contra una fuerza que la convoca a girar alrededor del discurso que se enhebra.

Para Meisner, crema de espinacas; alcachofas en cazuela para Shao. Para después, el segundo ordenará un pato con champiñones. Meisner sonríe ante una elección tan reposada y lacustre, y encarga un filete de emperador. Ambos saben que cada uno comerá lo que corresponde al otro, y que ese gesto es mucho más íntimo, compenetrante y apropiador que el más desenfadado picoteo en el plato ajeno de amantes de ocasión.

—¿Para beber?

Y el dúo no se hizo esperar:

—Agua de Vichy.

La camarera se aleja hacia la cocina como si las cruces de grafito del talonario de pedidos pesaran lo que la única de Jesús. El martirio en su rostro joven, donde el make-up exultaba una celosa parsimonia, hacía pensar menos en los avisos teresianos que en la demonización de Loudun.

A Shao no le pasó desapercibido el andar pesado de la camarera. La siguió con la vista, como si esperara verla tropezar y hasta que las hojas de la puerta de la cocina no cesaron en su ir y venir espasmódico, ignoró la fijeza de la mirada de Meisner.

—Buenaventura Vichy nos ha convocado con su ausencia —comenzó a decir Meisner, mientras la camarera, ya invisible para los ojos de Shao, leía en voz alta el pedido en la cocina—. Lo ha inducido a llamarme y no consigo descubrir si hay en ello un acto de maldad, un gesto bondadoso, o simplemente una última cortesía desdeñosa: propiciarme la oportunidad de suplantarlo, decidiendo cómo despedirlo, por interpósita persona, usted. Bueno es hacer notar que haberlo elegido a usted para oficiar de doble acusa un sentido del humor que hace ya bastante tiempo no mostraba. A juzgar por el relato que me ha hecho de su encuentro con el joven, presumo que no se habían visto ustedes antes.

—Nunca habíamos cruzado palabra, pero sí nos habíamos visto. No es la primera vez que ese joven, que ya comenzaré a llamar por su nombre, se detenía a estudiar mi mercancía. Rara vez compraba un libro y siempre me pareció que cuando llevaba alguno ya lo había leído o sabía que nunca lo leería, de tan poco que lo excitaba su descubrimiento. Conozco además la casa donde vive, o una que supongo lo sea, pues lo he visto entrar en ella en más de una ocasión. Un palacete de 1928, donde, como en aldea hutu, la familiaridad se escucha en un perímetro ominosamente extenso.

Meisner asintió con una sonrisa y un apenas perceptible movimiento de orejas. Parecía que lo hubiera alcanzado alguna sorprendente intimidad de algún vecino de la casona que bien conocía, donde Buenaventura alquilaba un cuarto mínimo y oscuro, y que quisiera retenerla para saborearla junto al puro de sobremesa.

—¿Recuerda los libros que le compró? —preguntó.

—Sí, *Proust y Valéry*, de Curtius; un tomito, casi deshecho, de Rafael Montoro, *Ideario autonomista*, y el estudio sobre Lutero de Lucien Febvre. Finalmente, ayer se marchó con los *Diarios* de Martí, como ya le he dicho.

El pato llegó a la mesa humeando como cualquier luterano de filas. La camarera depositó el emperador ante Meisner con cierta gracia mayestática. Comieron en silencio, entre elogios al cocinero invisible y miradas lujuriosas al plato que no les había correspondido. La camarera, que intuía la ofrenda tácita de la que participaban, había confundido los platos al servir, como redundando en la ritualidad del almuerzo. El agua de Vichy corría abundante.

—Al escribir su número de teléfono en trazo oblicuo —comenzó Shao, sus cubiertos descansando impolutos—, Buenaventura me ha recordado aquel pasaje en que Swift, en un súbito alarde de lingüista, describe la escritura liliputiense: escritura única, diagonal, es decir, ni arábiga, ni china, ni occidental. He vuelto una y otra vez a esa curiosa descripción de la otredad mediante la caligrafía. Y de ella, irremisiblemente, al Fedro platónico: al kalós y a la retórica, al discurso que seduce, y se pierde, por su voluntad obscena de ir precisamente al centro.

Y continuó:

—Ese joven rezuma el aire de la diferencia indiferente, y probablemente por eso busca lo irrecuperable, porque sólo lo apócrifo, es decir, lo secreto, consagra, con la presencia de su imposibilidad, el deseo, siempre elipsoidal, de lo único. Usted, amigo Meisner, ha mencionado al Fedro pensando en Buenaventura, y entonces, *noblesse oblige*, debería no olvidar uno de esos deslices socráticos, prolijos en sugestión, que allí se escapa. Le recuerdo: Sócrates dialoga con Fedro, que, tramposo, oculta en su mano izquierda el discurso recién pronunciado por Lisias y pretende ejercer su retórica de aprendiz de sofista, refiriéndolo. Sócrates, cazador astuto, dueño entonces de toda la *metis* de Grecia, lo ha descubierto desde un principio. Le dice —paternal ironía—: «Fedro, si no conociese a Fedro no me conocería a mí mismo. Pero lo conozco». Halago mayéutico, *flatterie* en sentido estricto: Fedro siente que entre el oráculo de Delfos, el maestro Sócrates y él se ha establecido una relación de turbia hermenéutica. Se pierde y finalmente accede a leer los folios que escondía. Pero antes de que comience, Sócrates pondrá en juego el halago que propició su desenvoltura y lo asaltará con una posibilidad aún más halagüeña. Se han sentado en el sitio donde presuntamente se desarrolló la historia entre Bóreas y Oritia. Sócrates, ante la insistencia de Fedro por conocer su opinión sobre lo ocurrido, ofrece una versión de complicada exégesis, y de pronto concluye, aparentando impotencia ante la magnitud de la historia, aunque en realidad trazando una segunda línea discursiva que atara las manos a Fedro antes de que se dejara llevar por el discurso de Lisias: «Yo no he podido aún cumplir con el precepto de Delfos, conociéndome a mí mismo», le dice rápido, «y dada esta ignorancia, me parecería ridículo intentar conocer lo que me es extraño».

(Terminado, o acaso mejor, interrumpido, este diálogo, el/la pianista de la orquesta, que habrá vuelto a su sitio nada más evaporarse la sebosa, la emprenderá con el segundo movimiento del Socrate, *de Satie, «Bords de l'Ilissus», preferiblemente según el arreglo de John Cage.)*

15

Hubo un tercer golpe, pero ya tímido, diríase distante, llamando los nudillos a la retirada. Pero quedaba aún la fuerza suficiente como para que lo pudiera escuchar alguien que estuviera recostado al otro lado de la puerta. Un último toque en las puertas del cielo.

Lo último es casi siempre inútil. Y esta vez lo fue más. La puerta se abrió. Ya Buenaventura Vichy había andado suficientes pasos para saber que lo separaban de la casa suficientes huellas como para constituir un largo camino desandado. Porque se es más tolerante con los caminos que no han de recorrerse que con los que ya se han desandado. Se es más tolerante con el viaje que con el retorno.

Se lo vio girar: las manos en los bolsillos de siempre, pero quizás ya otras manos; la vista cegada tropezaba contra cada golpe de luz sin conseguir convertirse en mirada que escruta, mirada que encuentra.

Se llevó la mano a la frente. Era una visera. Gesto demencial, porque la luz venía ya, enfurecida, rabiosa, de todos los ángulos hacia él, cebándose en las lentes.

Alguna vez, ya mucho más tarde, contó que recordaba de aquel día la carne de su mano sobre los ojos, la huella de tinta roja de lo que había sido un número de teléfono que alguien lo obligara a copiar, como atándolo. Sólo recordó aquel rojo deshecho, aquella voluntad de implicarlo en una conversación, que se le pegaba a los ojos cuando todo ya había terminado.

Y, sí, también recordaba la puerta entreabierta, el triángulo oscuro, púbico, bajo el dintel. Era todo lo que recordaba.

Y fue todo lo que se le concedió ver.

La puerta no se abrió cuando el tímido tercer golpe ya anunciaba las espaldas breves de Buenaventura. Pero se escucharon unos pasos rápidos. Esperó en la sombra del portal.

A los pasos siguió un silencio, más profundo, renovado. Buenaventura empujó levemente la puerta. Estaba abierta. Siempre lo estuvo. Entró.

Dentro había un olor a incienso que reposaba sobre un suelo azafrán. Un olor a incienso más verdadero que todo el incienso del mundo. Un color azafrán que era estigma de estigmas.

Echó una ojeada. Nada que hacer. Salió.

16

Gerardo Shao elige los libros que llevará a vender a la mañana siguiente. De la brasserie, en un taxi desde el que le pareció ver, en un súbito, a Buenaventura acompañado de una joven que le recordó a su madre, ha ido a visitar a una anciana, aristócrata venida a menos, que le ha cedido su aburrida biblioteca por un precio aún menos excitante.

Shao nunca se detiene en disquisiciones literarias. Ha leído lo suficiente como para saber que los libros que llegan a sus manos merecen ser vendidos incluso al mejor impostor. Él es sólo un mediador entre la voluntad de fijeza de un libro y la mano impredecible que lo retendrá.

Shao vive en una casona de la calle Reina en la que ocupa todo un piso que serpentea en multitud de habitaciones donde los libros y el polvo se confunden en amalgama fétida, húmeda, impenetrable.

Un timbre cuyo sonido hoy no alcanzo a recordar, una escalera de verticalidad abusiva, un salón donde solían moverse figuras de inclasificable parentesco y la abertura al patio interior, espacio de cohabitación forzosa con otros cien vecinos –fuelle multivalvular que se roba el oxígeno de los anaqueles repletos– son la hipoteca que paga por su capital.

Pasa al lavabo a enjuagarse las manos, terminada la disposición de los libros recién adquiridos en las baldas expositoras. El timbre de la puerta se escucha impaciente acompañando su desplazamiento. Al mismo tiempo, en la habitación donde guarda sus mejores tesoros, libros que nadie ha abierto nunca, comienza un leve forcejeo con el pestillo que guarda la ventana. Dos personas pugnan por entrar a su casa: una se demora en la cortesía de la anunciación; la otra se anuncia con la impaciencia de su torpeza.

Shao elige al presunto ladrón para iniciar la ceremonia de los saludos. Toalla en mano, va frotándose los dedos, como disfrutando con antelación de la sorpresa del ladronzuelo descubierto. Abre la puerta de la última habitación. Alebrestadas, las hojas de la ventana golpean el marco. ¿Ha sido el visitante tramposo quien la ha cerrado de golpe al verse descubierto, o la corriente de aire ha hecho alarde de su larguez? Allá a lo lejos, fin de la serpiente de cola tortuosa y escalonada, se escucha otro golpe de batientes. Se ha cerrado el círculo. Kundalini, reina de la filoanalidad, se ha mordido la cola: el visitante ubicuo juega con Shao a las marionetas.

Los hilos no se cortan a pesar de la filosa propensión de los marcos. Shao es presa de la duda. Son tres los caminos que lo aguardan: hacia la puerta escandalosa, hacia la ventana violada o, deliciosa eventualidad, hacia el reposo, la expectación: quedarse donde está para obligar a los hilos a reconocer su impotencia convocatoria.

Se recuesta a la pared y se deja deslizar hasta el suelo. Los hilos se rompen. Ahora es Shao quien esgrime una honda, que pierde los ojos del Ubicuo.

En la sala se escucha un grito de terror. Shao reconoce la habitual histeria de su hermana, obesa enemiga de los libros que le dan de comer a ella, a sus amantes —no por eventuales menos odiosos— y a su prole vasta y sin asiento en los legajos del Registro Civil. Un olor a sangre densa, a holocausto en mercado de provincia, llena el aire. Los jadeos de la hermana de Shao se espacian. Un manantial se agota.

Era evidente que en el salón se estaba cometiendo un crimen. Pero precisamente hoy, después del encuentro con Meisner, a Shao le pareció que una muerte en su inmediatez, era más un anillo en la movilidad serpeante de su historia que un exceso que requiriera la molesta intervención de la policía. Evocó, por un momento, el adiposo cuello de su hermana, el bocio indisimulable, cubierto por una pelusa cada vez más tupida, e imaginó la sangre manando abundante, gozosa: manantial último de la inagotable sordidez de la arpía. Se le ocurrió, de pronto, que la que pataleaba en el salón no podía ser hermana suya. Sí le pareció plausible que quien mataba pudiera ser perfectamente él mismo. Sonrió descansado. Esperó.

Ningún vecino se asomó al patio común, lo que a Shao le pareció inconcebible. Al menos, inhabitual. Dejó pasar una hora durante la cual desfilaron por su mente historias de una niñez que no le pertenecía, escenas desconcertantes en sitios que nunca había imaginado: un parto, unos padres ordenando la canastilla, un conato de porvenir. Se escuchó diciendo frases que repudiaba, abriendo ventanas que descubrían paisajes que antes no había visto. Sonrió cuando alguien lo llamó con el nombre del ausente:

—Buenaventura —escuchó—. Buenaventura, ¿estás ahí?

Cerró los ojos y tuvo la convicción de que estaba produciendo una memoria de sí mismo, tan vívidos eran los recuerdos.

Cuando se vio bajo el sol, con deseos de echar una siesta, comprándose a sí mismo —a otro sí mismo ya ajeno aquel tal Shao—, una edición de los Diarios de José Martí, se puso de pie. Como un fogonazo le advino la evidencia de la suplantación. Él, Gerardo Shao, ahora comenzaba a ser, definitivamente, el ausente Buenaventura Vichy. El trazo oblicuo que lo había llevado al Dr. Meisner era la trampa; la camarera á la Degas, que amablemente le había servido en la *brasserie*, era la sacerdotisa; la acompañante de Buenaventura cuando él se alejaba en el taxi era, efectivamente, su madre; la anciana que salmodiaba precios irrisorios en la casona del Vedado era la cizaña que le impidió conjurar la metamorfosis con una buena siesta; la sangre de su hermana, el río que arrastraba su pasado a inscribirse en El libro de los muertos.

Gerardo Shao se encaminó al salón. Ya algún vecino asomaba la cabeza y la sirena policial, más homogénea y previsible que las que tentaron a Ulises, invitaba a huir a los innumerables delictuosos de su vecindario. El cuerpo exánime —¿acaso alguna vez hubo un alma en ese cuerpo ajeno y fofo?, se preguntó Shao— era un barco varado en un mar de menstruos arteriales. El timbre y los chiquillos en la puerta llamaron al unísono. El librero cruzó el charco, en cada escalón los pies descalzos dejaron una huella de coágulos aplastados.

Los policías lo tiraron al suelo sin brutalidad, parecía que se hubiera echado él mismo a descansar. Uno corrió escaleras arriba y desde allí dijo algo, que tuvo por respuesta un «Correcto», eficiente a pesar de la mala sintonía del walkie-talkie.

—¿Su nombre? —le preguntó el que lo esposaba.

—Buenaventura Vichy —respondió Shao en voz baja, infantil, como sorprendida.

—¿Quién es esta mujer? ¿La conoce? ¿La ha matado usted?

—Ha sido algún tiempo mi hermana y se ha suicidado —respondió Shao a la serie de preguntas, mientras pensaba en la otra serie, cuya espiral se iniciaba.

La escalera trajo la incredulidad del guardia con una palabrota. Tras ella la expresión barroca de su certeza:

—Por la zanja que le han abierto en la garganta parece haber manado toda la sangre del mundo. No se mueve, su aliento reposa en lo más profundo… en las alturas. Ninguna duda cabe —dijo sin pedantería— y perdóneseme la ortodoxia —añadió.

La constatación de la muerte de aquella mujer, a quien nunca le había visto siquiera el rostro, molestó al policía que maniataba a Shao como si hubiera sido él la víctima. Izó al esposado y lo lanzó contra la pared. Shao no salía de su sorpresa, mientras las gotas de sangre, suyas, se imbricaban en hilo grueso que bordaba la camisa; para él la violencia no era más que una palabra que llenaba los diarios que no leía, así que la escena le parecía un desayuno de domingo distante y burgués.

Una cinta adhesiva donde la palabra «policía» se repetía en secuencia ominosamente regular cerró un cuadrado cuyo pórtico era el dintel de la casa de Shao/Buenaventura. La magia de la perspectiva convertía al templo en sótano en lugar de pedestal. Shao, que alguna vez leyó a Vitruvio con fervor, apenas tuvo tiempo de gozar de aquella inopinada inversión del canon. El público, que no entraba al templo guardado por la imperiosa gravedad del encierro adhesivo, pero que se agolpaba gritón, menos para ver la conducción del reo que para disfrutar de la aparición del cadáver, cuya garganta abierta prometía la gracia de un guiño de ojos a unas entrañas quizá todavía reverberantes, era numeroso, plural, genuinamente masivo.

—Buenaventura Vichy no existe —le dijo uno de los policías con una grosería que ostentaba la evidencia de lo incontrovertible—.

Buenaventura Vichy ha salido del juego sin dejar más rastros que los de su inexistencia definitiva. Usted es Gerardo Shao y lo conocemos muy bien.

A Shao le pareció que entraba en una de esas conversaciones absurdas donde los interlocutores se suceden, insensatez tras insensatez, para solaz de los transeúntes que no aciertan a comprender si se trata de un problema de vida o muerte de dos beodos endemoniados o de una artimaña conyugal para librarse del decisivo aburrimiento que provocan las secuencias de apotegmas eróticos. Una certeza lo fue ganando: ya no era Gerardo Shao, nacido en 1913 en la calle Zanja esquina a Rayo, ni era la centella que repartía el diario caligramático de la barriada en casas de lavanderos furibundamente antimarxistas, ni el chinito maricón que anduvo pobremente armado con un florilegio de poetas de Ateneo municipal y después con cuidadas ediciones de Rimbaud o Apollinaire en un francés que le exigía el constante acarreo del diccionario; ya no era más el Gerardo Shao que con los ahorros imprevisibles de su padre había montado una librería de viejo en la calle Reina, ni el chino hijo de puta resentido a quien se la habían expropiado unos guajiros que no sabían leer, pero mucho menos vender; una voz en falsete, pero grave, como toda palabra que sostiene una impostura, le decía que su nombre era Buenaventura Vichy y que aunque su historia escrita fuera la del mestizo advenedizo, la por escribir, la historia de su destino, pertenecía al reino de lo inómine.

–Y si usted es Buenaventura Vichy –resonó la voz de una joven cuya participación en el bullicio no tenía más finalidad que esta enunciación–, ahora sabrá lo que eso significa.

Shao pensó, no sin cierta ironía, que la frase había sido dicha con la malicia del que sabe lo que es estar preso muchos años y cada noche escuchar, antes de dormir, las últimas palabras robadas al engañoso espacio de la libertad. Pero éstas no lo eran, porque la joven que había pronunciado su sentencia era Shiva[7], pálida y mucho más bella que la muerte, que detestaba tanto la previsión retórica como las azarosas artimañas de la libertad. Shao sólo pudo verla en un súbito, como le hubiera sucedido a cualquiera que se detuviera dos horas en la contemplación de sus ojos negros, como los de cierta copla. En ese segundo vio lo suficiente: una cebra lisa, de mármol blanco, una pantera desdentada, sin manchas, una perra que no ladraba para no robarle tiempo a las dentelladas.

A Shao no lo esperaba una prisión, digamos, tradicional. De hecho nunca vería nada más cercano a ella que los bocetos de Bentham y sus epígonos. Si a alguna prisión se encaminaba era hacia la de un nombre, la de un destino. En realidad, no había hecho más que recogerse en una cárcel desconocida para abandonar la propia, cuyos barrotes eran el trazado de las letras del nombre «Buenaventura».

Impericia policial: flagrante, absolutamente innombrable en el informe venidero; felicidad eventual para el reo, última felicidad, quizás. O primera, si se consuma. El coche policial con sus dos sirenas azules estaba aparcado en la acera de enfrente. El policía-chofer, valga la redundancia, corrió a traerlo, pero ya la noticia del suceso había alcanzado a toda la barriada y los curiosos pececillos acudían a presenciar la muerte ajena. Intransitable la calle, los policías que conducían a Shao comprendieron que llevarlo hasta el coche requería desalojar la marejada de curiosos, desideratum imposible.

El instinto de «chinito-maricón-que-huye-de» se enseñoreó de Shao. Recordó el viejo proverbio de que «a la oportunidad la pintan

---

[7] Es muy probable que la descubramos más adelante; es seguro que nos la encontraremos.

calva» y algún grabado neoplatónico donde el bebé Kairós aparecía con un tentador rulo al que asirse. Aprovechando la zozobra momentánea de sus captores, dió un tirón, y se vió inmerso entre la masa. Comenzó a correr, sólo con la fuerza de sus piernas porque las manos eran todavía dolorosa presa de las esposas policiales. Lo salvó la curiosidad, traducida ahora, como casi siempre, en solidaridad. Fue libre, por primera vez, entre mil cuerpos que escamoteaban a la policía la presa sórdida de un presunto degollador: Shao, el de Reina.

Entró a casa de Meisner avergonzado de su propio ímpetu, mas no tuvo ocasión de pedir disculpas, porque el anfitrión, apenas sorprendido, recibió la irrupción con su sonrisa de yeso descansando en la butaca. Las comisuras de los labios apuntaban hacia las orejeras del mueble. Su sonrisa era ahora la de un asesino. Y su hospitalidad la de quien, por ejemplo, conoció de antemano al ejecutor del asesinato mientras donaba sangre en una Casa de Socorros municipal. Algo le indicó a Shao que las dos figuras, la del que donaba sangre y la del que la derramaba, no coincidían, esta vez, en la misma persona.

–Lo siento por su hermana –le dijo Meisner–, aunque, evidentemente, no era Ana, ¿Ana se llamaba?, alguien que cumpliera los requisitos de eso que se denomina una bella persona. Aunque estaba, quizás –añadió, reflexivo–, a punto de empezar a serlo.

–Se es lo que se es. El resto es historia malograda –le dijo Shao, que no parecía agotado después de la huida tempestuosa. Más bien parecía alguien que llega a una cita con media hora de adelanto y se disculpa por haberse entretenido en el cobro de una deuda o en un sillón de limpiabotas.

Mientras tomaba asiento, servida ya una copa por el anfitrión:

–Fabuloso este vino de Alsacia. Es capaz de hacer perder la memoria de golpe sin afectar el desempeño de los músculos. Un caldo metafísico, sí señor.

El teléfono dejó escapar un timbre largo. Meisner miró con cariño, diríase que paternal, a Shao, y le dijo:

—Espero que no sea usted quien me telefonea para anular la cita alegando una aburrida tarde en la morgue o una detención inopinada. Doctor Meisner, dígame —respondió a la llamada—. Sí, hola, querido...

Ya lo sé. Lo has presenciado... ¿Tanta gente convocaste?...

Bueno, tampoco exageres en la euforia, que no es a ti que te la debes, sino a la pasividad del doliente, que ahora, por cierto, se solaza con una copa a mi lado... ejecutoria la tuya, entonces, que puesta en entredicho convocó a las hormigas, engañosas amantes de la sangre... La insondable magia de la renuncia, querido, alebresta a sus testigos incontinentes cuando se rompe.

Shao miraba a Meisner con ojos ajenos a toda sorpresa. Un rictus tonto, como de amigo virgen que asiste a un relato de las orgías de su vecino donjuanesco, se le dibujó en el rostro. Hizo un gesto al anfitrión, un dedo que se hunde en el vacío, su mirada fija en el teléfono. Meisner lo comprendió de inmediato y lo complació no menos presto. Una tecla del teléfono convirtió el soliloquio del interventor en confesión pública.

—...corrió la suficiente —diáfana y ahora pública la voz de Buenaventura— como para que quedara claro que su voz no volvería a turbar la paz del librero. Casi me descubre el beneficiario pero corrí por los tejados, como siempre quise hacer, desde niño, y no lo dejé ver mi rostro ni mi espalda hurtándose, sobre las tejas. Pero sé que me sintió, fue tan brutal mi huida que algún espacio vacío debió dejar en el salón, y Shao debió ocuparlo, y percibir la feliz incorporación en la sustancia escamoteada que soy, cuando lo atravesara.

La risa de Shao se dejó escuchar, amplia, sorda. Risa, no llanto, de recién nacido:

—He sido múltiple en mi origen y ahora soy plural en mi presencia. Demónico, en sentido estricto, por vez primera —escuchó

Buenaventura la voz de Shao–. Ahora ya no existes –añadió el nuevo ciudadano–, salvo a través mío.

–Toma nota, querido Buenaventura –prosiguió Meisner–. Has multiplicado tu historia con sólo derramar un poco de sangre. Luego, eres un vulgar tirano.

Shao y Meisner se miraron mientras el aparato telefónico dejaba escuchar los bips que descubrían la renuncia del que llamaba a entablar un diálogo con el cuerpo en que encarnaba. A los bips repetidos, públicos, siguió el silencio de los recién conocidos.

A ambas resonancias sordas siguió el silencio de Shao. Cuando se encarna en lo ajeno sólo puede articularse silencio, el silencio que nunca pudo permitirse el predecesor. Ya no se es más original, queda uno eximido de proyectar una biografía. Hay que partir la palabra con un golpe, el recio golpe que da todo el que sabe que empieza a vivir; y con ese golpe partir en dos la palabra: o vivir o escribir. Y como es difícil vivir sin pronunciar palabra, se elige escribir.

–¿Era Buenaventura, no? –preguntó Shao.

–No estoy seguro. No estoy seguro –le respondió Meisner.

Fue en ese momento que Shao escribió la primera frase de este libro, hizo una pausa en la que miró fijamente el nudo de la corbata de Meisner, y escribió también la última.

17

Al llegar a lo alto del cerro, Gerardo Shao se encontró con los tres pabellones que le había anunciado el Dr. Meisner. Tenían una apariencia de rancio abandono, a pesar de que los vidrios de que estaban construidos eran limpísimos, prístinos. Joven vidrio, que disimulaba la añeja fábrica del trino monumento a la Transfiguración, erigido a instancias de un Pedro que ya comenzaba a tomarse muy en serio su cualidad fundadora: «Para ti uno, y para Moisés otro, y para Elías otro» (S. Mateo, 17, 4) –le había dicho a Jesús aquella tarde, recién vuelto el seudo-Mesías de su alba y su escucha, en las alturas de otra elevación, ahora distante, el Monte Tabor.

Nada, en efecto, ha cambiado en los pabellones dos mil años después. La lluvia no ha empañado los vidrios, el granizo no se ha atrevido a quebrarlos, la desatención no ha dejado ninguna huella visible en su cúbica solidez. Shao rodeó los bloques de vidrio –«o de hielo», pensó, como alucinado. Podía ver a través de los pabellones dispuestos formando un triángulo. Las puertas de acceso, discernibles apenas por el marco de junco que las intimaba, miraban todas al centro del triángulo. Girando sobre sí mismo, veía su figura reflejada en las paredes de agua, apenas rota al cruzarse con los juncos, desaparecida entre los nubarrones del horizonte. Absorto y preso de su eje, parecía un derviche giróvago. Achinado y meditabundo, era un tibetano sin saberlo.

Ha cambiado mucho el librero desde la última vez que lo vimos. Desde la conversación con Buenaventura momentos después de verificada la violenta muerte de su hermana, Shao ha perdido peso y ganas –sin que, por otra parte, se aprecie ningún trasvase de esas energías hacia Buenaventura. En esas pocas horas transcurridas, ha visto encanecer sus cabellos, ajarse su sonrisa, desvanecerse su voluntad; ha intuido que ya no le queda mucho por vivir. Le pesa al chino-cubano su ser hipostasiado. Lo grava la escisión, a medias pactada, a medias impuesta, que imaginó primero sería un instrumento multiplicador de vida, pero que se ha revelado suma de carencias y responsabilidades. Adición de sustracciones.

Meisner le había asegurado que su sosias Buenaventura experimentaría duplicaciones conexas y penas redundantes. También él estaría preso de la culpa de la transfiguración. También él, pero sólo si era cierto que había asesinado a la hermana de Shao. «También él», resonaba la suma en los oídos de Shao, «también él».

El día era propicio para la redención. Era la víspera de Passover. Shao entró al pabellón dedicado a Elías. Había una mesa puesta con servicio para dos comensales, y una joven sentada, dándole la espalda. Su trenza larguísima caía hasta el suelo y se enroscaba en una de las patas del taburete, con cierta ternura que hacía pensar en una vida en hibernación. (Cuando comience a hablar, el brillo que correrá entrelazado por sus cabellos hará imposible que miremos a la trenza fijamente. El broche que desde la punta la mantiene reunida golpeará la madera, acentuando las palabras.) Las paredes de vidrio estaban cubiertas de tapices que representaban escenas mesiánicas. Diversos los rostros de los Ungidos, Shao se reconoció en uno de ellos. Sentado en un trono, cuatro ángeles sostenían sobre él una corona. Flanqueada la escalera por doce mansos leones y ocho atentos apóstoles, él mismo sostenía sobre las rodillas un libro entreabierto y levantaba una vara en la mano derecha. Abajo, se leía la palabra Tikkun.

—¿Es Isaac Luria? —le preguntó a la joven que ya se había levantado y lo miraba solícita.

—Es Shabbatai Zeví, el Mesías de Esmirna, conocido por el acrónimo Shatz. Eres tú mismo, Gerardo Shao, conducido aquí por las fuerzas que quieren devolverte el Reino que dejaste escapar después de apostatar y marcharte a Albania a morir tu primera muerte.

Shao comió sin decir palabra. Cuando la joven salió, dejándolo sólo, se echó sobre el suelo de tierra y, tras repetir doce veces la salmodia «el próximo año en Jerusalem» se quedó dormido. En 1624, dos años antes de que naciera Shabbatai Zeví y 32 antes de que fuera proclamado Mesías por Nathan de Gaza, Francisco de Zurbarán pintó el cuadro Exposición del cuerpo de san Buenaventura, que representa con sospechosa fidelidad a Gerardo Shao durmiendo su segunda muerte en el pabellón de Elías.

18

Los rostros de los *habitueés* que fuman displicentes bajo el entorno neón que precede el acceso al carrusel de cabinas es, sin duda, lo más obsceno. También de neón –recuerda entre la sorpresa y la conmoción– es la grafía de los nombres de los convidados al congreso de Nüremberg en *El triunfo de la voluntad*, de Leni Riefenstahl.

Todas las otras intervenciones –las monedas vacilando en la ranura, la grácil delgadez de la chica, la enormidad priápica de su partenaire, la lenta lujuria de la pantalla que los oculta cuando se agota el tiempo comprado por el voyeur, la histórica hilaridad de los escolares que disfrutan de la primera noche canicular, mezcla de desvirgamiento y *déja vu*– no son más que momentos de cera, ajenos al sexo y a la lujuria. El sex-shop recordaba esas atracciones mecánicas de finales del siglo XIX, con actores y mecanismos ejecutados con una exagerada fidelidad a escala menor.

Un empleado, armado con esa elegancia de seda y brillantina que convierte a los hombres unas veces en saurios, otras en batracios, se le acerca, o más, se le encima, para enumerarle las bondades del lupanar. Buenaventura tarda, pareciera que mensurando la calidad de los ofrecimientos, en preguntarle dónde puede ver a Iki.

–¿Iki? ¡Ah, la chinita! –siempre cazurro y seudo-celestinesco el bedel, y con un gesto que pretendía remedar una reverencia, le indicó un circuito de cabinas y le susurró, casi conminatorio, el precio–. Un quinario por cada tres minutos de exposición.

Entrando en la cabina, Buenaventura se preguntó por qué el color rosado dominaba el decorado del lugar. Deslizó la primera moneda de plata en el traganíquel. Un misterioso mecanismo izó la cortinilla de nylon rosa enmarcada en dos aceitados raíles de aluminio: aunque en la cabina el silencio era total, se adivinaban en las contracciones del pecho y en el impulso desencajado de las mandíbulas, los gritos de Iki. De nylon la pantalla, y la chica de piel amarilla y ojos como rasgados. Buenaventura sabe que ella no lo puede ver a través de la barrera de azogue que los separa, pero tiene la certeza de que ella adivina su presencia por la manera en que mira, profesional y anorgásmica, las ventanas de espejos, y se detiene, quizás cada vez durante más tiempo, en la imagen que le devuelve aquella que esconde el rostro del que ha convocado «para pedirte un favor», le había dicho muy serena cuando le habló aquella mañana por teléfono, sin que pareciera importarle que el lugar de la cita fuera tan poco recomendable como una sex-shop del Barrio Chino «en la que comienzo a trabajar esta noche».

–¿Y, cómo te llamas? –alcanzó a preguntarle antes de que cortara.

–Soy Iki, la nieta del conde Shuzo Kuki[8].

A Buenaventura, durante todo el tiempo que compraron sus quinarios, le pareció que lo más cadencioso del acto era el movimiento giratorio de la plataforma sobre la que fornicaban –visiblemente aburrido él, levemente ansiosa ella– aquellos jóvenes hermosos y brutales. No lo excitaron ni las exposiciones erógenas de los más rosados fragmentos de sus cuerpos –salvo porque tras ese conocimiento ya sólo le quedaba por descubrir la razón de tanto aluminio–, ni el estruendo casi fabril de las monedas al perderse por el laberinto que

---

[8] El conde Kuki estudió fenomenología con Heidegger en Marburg. Solía visitarlo en su casa, acompañado de su mujer «que, para esta ocasión, lucía un festivo traje japonés». Heidegger se felicitaba de tener fotos del jardín, en Kyoto, donde reposa el conde. Conviene, para acceder siquiera a la posibilidad de entrever los móviles de Iki para citar a Buenaventura, leer el texto «De un diálogo acerca del habla. Entre un japonés y un inquiridor», incluido en el volumen De camino al habla, que recoge una conversación de Heidegger con el profesor Tezuka, de la Universidad Imperial de Tokio.

conducía a la alcancía, ni el contraste entre la estudiada gelidez de la cabina y la previsible elevada temperatura sobre la plataforma.

–Horno/phorno/porno –musitó.

Más que a los fornicantes, miraba a través de sus cuerpos y de la madera forrada de vinyl rosa, claro, tachonado sobre una espuma delgada, apenas amable con los huesos, y le parecía que era por su voluntad que funcionaba el motor que hacía girar la plataforma, convirtiendo la fornicación en una ilustración del origen del mundo. Recordó el nombre de otra exposición, ésta de Francis Picabia, que había visto aquella misma tarde en la Fundación Tapiés: «Máquinas y Españoles».

La chica que salió a su encuentro media hora después no parecía ser la misma que había estado fornicando tras el parpadeo de la cortinilla. Y Buenaventura no habría sabido explicar por qué, pues no se le ocurría ninguna marca que validara esa distinción.

–Hola. Soy Iki –le dijo muy sobria–. ¿Me esperas un segundo? –y echó a andar por un corredor que podía conducir lo mismo a un lavabo que a una oficina.

Cuando salieron a la calle, ella propuso cenar algo y le pidió que decidiera un lugar.

–Te invito, me acaban de pagar –le dijo. Buenaventura se detuvo, sin saber qué dirección tomar. Al otro lado de la calle se anunciaba un restaurante con un nombre que ponía una máscara veneciana a un topónimo que le evocaba almuerzos pantagruélicos: «La Bauta». Se lo sugirió con la vista. Ella asintió y esperaron obedientes a que pasara la secuencia de coches, para cruzar el Boulevard de Montparnasse.

De pronto Iki le cogió la mano. –Ahí están –le susurró. –Son ellos.

Amable, un camarero mantenía abierta la puerta por la que salían de la *brasserie* Gerardo Shao y Allen Meisner. Buenaventura hizo ademán de soltarse del abrazo japonés.

—No puedes cruzar ahora, te atropellaría un coche —Iki sujetándolo aun más fuerte.

—No es eso, querida, no es eso. Lo que quería era huir —le respondió él, temblando y un poco avergonzado. Mientras, sin apagar sus habanos, Shao y Meisner subieron a sendos taxis.

Fue el mismo camarero que habían visto entre los coches quien les abrió la puerta y los acompañó a la mesa donde, recién cambiados los manteles, se ordenaban, soldadescas, las copas y los cubiertos.

La camarera que les atendió estuvo pendiente con sospechosa asiduidad de la mesa que ocuparon.

—Creo que me gusta —le dijo en algún momento Iki a Buenaventura.

—A mí me gustas tú —él.

19

(El Alemán está sentado a la mesa. La joven camarera de «La Bauta» —impoluto el delantal, intrincados los bordados que lo adornan— está de pie frente a él. El decorado es exactamente el mismo que el instalado en el escenario de la sala principal, salvo que en lugar del juego sustitutor entre el espejo y el retrato de los protagonistas, aparecerá un retrato de una mujer virtuosa, que puede procurarse en la edición de 1787 de los Fragmentos fisiognómicos…, *de Lavater[9]).*

---

[9] Las bondades del retrato en cuestión radican en la ordenante disimetría de la figura representada. Quizás sería interesante colorearlo. Es importante tener presente que el ojo izquierdo, el pendiente en la oreja del mismo lado, y, sobre todo, el bucle que, retozón, se escapa por el cuello de la joven, para ir a ensortijarse sobre uno de sus pechos, son los momentos que más se avienen con lo entrecortado del diálogo que se mantendrá bajo su admonición.

ALEMÁN: –*(Ha de ser un actor con un altísimo dominio de las técnicas de respiración, puesto que habiéndose desplazado a toda velocidad de un escenario a otro, no deberá mostrar el menor sobresalto al comenzar a hablar. Si así fuera, por impericia suya, la camarera podría negarse a entregarle las cintas.)* ¿Ha traído la grabación, señorita?

(Versión 1: El Alemán jadea.)
CAMARERA: –Sí, señor. Pero no se la daré porque es usted un pésimo actor. *(Hace un gesto sobreactuado con mucho pathos de desaliento, dejando caer los brazos y la cabeza.)* Usted no merece escucharlos. ¡Impostor! *(Se aleja corriendo.)*
ALEMÁN: –Entonces todo está perdido.

(Versión 2: El Alemán, galante y reposado.)
CAMARERA: –*(Le alcanza un paquetito.)* Sí, señor. Aquí la tiene.
(El Alemán desata un envoltorio del que extrae un pequeñísimo casete. Mientras lo sostiene en la mano, examinándolo con atención, la luz se apaga en un rápido fading. Se iluminará otro punto del escenario. Un fragmento de restaurante: un círculo de luz cenital muy potente iluminará una mesa a la que estarán sentados Buenaventura e Iki. En los bordes del círculo de luz se apreciarán fragmentos de mesas. No se continúan hacia el espacio oscuro, sino que están cortadas siguiendo el trazado circular, como en una maqueta. A esas otras mesas estarán sentadas figuras de cera, también ostensiblemente cercenadas. Bajo las mesas, en los puntos de corte, se apreciarán montañitas de aserrín; bajo los cuerpos mutilados, sangre. El público deberá comprender desde el principio que la camarera sólo ha grabado los fragmentos de conversación que podía escuchar cuando se acercaba o alejaba de la mesa que ocupaban Iki y Buenaventura, o cuando se detenía en la inmediación de las mesas contiguas: el espacio iluminado es siempre también un espacio de registro. Entre los fragmentos de conversación, la ilumina-

ción se invertirá: todo el escenario se iluminará viva, cegadoramente, y el espacio circular será un agujero negro en la representación.)

BUENAVENTURA: —...del mal me asustan pocas cosas; él sabe que lo que verdaderamente me aterra es la banalización del bien.

IKI: —*(A la camarera que se ha detenido junto a la mesa para tomar nota del pedido.)* Oh, perdona. *(Ahora a Buenaventura, en cariñoso tono de reproche.)* Ni siquiera hemos visto el menú. *(Buenaventura detiene su mano que se adelanta a coger la carpeta.)*

BUENAVENTURA: —Sírvanos, por favor, lo mismo que han comido los señores que se marchaban cuando nosotros entrábamos. Beberemos, en cambio, vino... rosado y muy fresco.

CAMARERA: —Perdone mi curiosidad, señor, pero... ¿cómo sabe lo que esos señores han bebido?

IKI: —*(Riéndose.)* Porque hace tres horas que no mea, *cherie.*

IKI: —...juego entre Ulises y Jacob. Pero tú tienes cara de sabio, así que si no lo has descubierto por ti mismo lo sabrás por el bueno de Auerbach. El Alemán conoce tu incapacidad de respuesta, querido, y es un manipulador nato, si no lo sabré yo, una Kuki...

BUENAVENTURA: —Sí que estás cuqui. Sabes, en Cuba teníamos a la prima comunista de Barbie, una damisela con el encanto de los *fifties*, que pasaba de novia a miliciana, como un detenido del patio a la celda. Se llamaba Cuquita, y una mujer cuqui, por extensión.

IKI: —...ignis...

CAMARERA: —¿Desean más vino los señores?

IKI: —Sí, gracias.

BUENAVENTURA: —...presenciando aquella escena fantasmagórica (mira a la camarera, que se acerca con el vino y comienza a servirlo) me vino a la cabeza aquel momento genuinamente camaraderil en que Hölderlin, Schelling y Hegel plantaron un árbol de la fraternidad mucho más modesto que aquel al que me llevaba mi tía, en paz descanse, en una de las plazas más bellas de La Habana. No sabría decirte por qué, pero me pareció tener ante mí al Hölderlin que Schiller coloca como preceptor del hijo de su amiga Charlotte von Kalb. Fritz se llamaba aquel niñito alemán, devastado según opinión de propios y ajenos, por un afán masturbatorio que no encontraba excusas ni en la hidalguía de su padre ni en la desazón teñida de libertinaje de su madre. Hölderlin sufrió mucho en aquella casa. Pasaba noches enteras en vela para precaver a Fritz de las infantiles manipulaciones que lo entretenían. Su salud empeoró casi hasta perderlo en la muerte... en una casa habitada además por la misteriosa señorita Kirms, que le pedía prestados libros de Kant, y que parece haber dado a luz un hijo del poeta...

Iki: —Mi abuelo me habló de ese asunto alguna vez, por los días en que leía unas cartas de Hölderlin que le envío Heidegger desde la Selva Negra. Decía que Heidegger aseguraba que no había sido Hölderlin quien engendró al niño que dió a luz Wilhelmine Kirms, sino el propio Fritz, a quien el poeta facilitó la cópula haciéndole pensar a la joven que vendría en realidad él a su habitación. Pretendía librar a su educando con la ayuda de ese método homeopático de la masturbación y de las terapias penosas, aunque expeditas, inspiradas en Tissot.

Buenaventura: —Fue una de esas noches precedidas por vigilias y súbitos tirones a la manta del chiquillo vicioso, que Hölderlin acude a conocer a Goethe a instancias de Schiller... y creo que ya voy cayendo en la cuenta del por qué pensé en la camarilla del Stift en aquel momento. Parece ser que Hölderlin apenas reparó en Goethe, seguramente atormentado el joven poeta por encontrar las palabras precisas con las que dejarle claro a Schiller que abandonaba su empleo de preceptor de Fritz. Goethe, sin embargo, avisado como estaba de que aquel joven vivía en casa de la von Kalb, se le acerca y lo interpela para preguntarle precisamente cómo estaba su amiga Charlotte y Hölderlin le responde con una brusquedad totalmente inusual en sus maneras. Es verdad que no sabía que era el gran poeta quien le hablaba, pero también lo es que si se hubiera implicado en una amable conversación con él sobre Charlotte y Fritz ya no hubiera tenido fuerzas para abandonar la casa y dedicarse a su propia poesía. ¡Cuánto se lamentará después de aquel incidente! ¡Y qué rencoroso Goethe cuando evalúa los poemas de Hölderlin que le da a leer Schiller un par de años después! No se deben dejar escapar las oportunidades, Cuqui. Pero tampoco se las debe aprovechar…

CAMARERA: –Yo soy una espía, señor Vichy. Perdóneme.

IKI: –*(En su mano izquierda un cuchillo del que chorrea mayonesa.)* ¡Arpía!

20

Es de madrugada. Buenaventura está sentado en la cama. La cabeza le duele tanto que no consigue imaginarse decapitado, uno de sus más frecuentes entretenimientos.

Lo han alojado en una habitación enorme. Ni siquiera la intensidad de la jaqueca consigue llenarla. Tiene la certeza de que el dolor cesará cuando su historia alcance el punto más alto de los techos, la esquina más sombría del artesonado. Cuando consiga revivir por fin todos los momentos de la existencia de su sosias Gerardo Shao. Cuando todas esas experiencias sean suyas, piensa, podrá comenzar a deshacerse de ellas, reducirlas a su expresión mínima.

Buenaventura se aloja en uno de tantos hoteles de Atenas, dominados por las cucarachas, el color azul y los muchos ofrecimientos.

Ha dedicado la mañana a recorrer la ciudad, ganado por la sensación de que había vivido en ella siempre y de que esos esfuerzos por producir más memoria, que son los viajes, lo alejaban cada vez más de su incorporación en Shao.

Después de comer se presentó en la agencia de viajes a la que había contratado las vacaciones para cambiar el billete de vuelta y regresar a casa de inmediato.

—Atenas es su casa, señor. Es la casa de todos —insistía la joven regordeta que lo atendía.

Terminó comprando un boleto de vuelta en otra agencia, pero sobraba esa noche; sobraba, con esa pesadez que tiene todo lo que se anexa, cuando ya se ha vivido toda la historia. Cuando se la observa desde un nicho, las cuencas vacías escrutando el paisaje del cementerio tras el vidrio, entre las flores secas.

Aquella noche en Atenas, Buenaventura escribió en su cuaderno de notas: El insomnio es una hipóstasis de la totalidad. Es lo nofragmentado. Es más onírico que el sueño y más atento que la vigilia. Los sentidos desertan cuando los convoca el insomnio. No es un espacio anfitrión de novedades ni presentaciones: no es fiesta ni es coloquio. Es una espera irresuelta y multiplicada: parejas de brazos portando un ataúd. Es el lugar donde dialogan la memoria y el olvido. Es la casa de San Ignacio. El insomnio es el reverso de la siesta, sueño digestivo, sueño que engorda. El del insomne es un cuerpo estilizado: sus marcas son el sudor y las ojeras, ese asiento oscuro de la mirada. El insomnio es el reverso de lo histórico, por sobresaturación de historia. La siesta es el enclave mismo de lo histórico, porque crea cuerpo mediante una biología goetheana, formativa, desarrollista. El insomnio es el estadio primitivo de la Bildung. El insomnio es la noche que se abre, mientras que la siesta es el día que se cierra.

Esperó a que amaneciera. Cuando el recepcionista telefoneó para despertarlo a las seis de la mañana, respondió al punto.

—¿Estaba despierto ya, señor? —preguntó casi amable el empleado.

—Sí, lo he estado siempre... hasta ahora —respondió Buenaventura.

21

Hace tiempo ya que Buenaventura aprendió que lo venturoso se codea con su opuesto. Así el amor con el glamour.

Ha abierto las ventanas de un tirón. Entre el revuelo de postigos, un día envuelto en papel de plomo le ha espetado su gris en pleno rostro. Una nubecilla de polvo. Nada de sol, nada de brisa. Ni siquiera una niebla rosa, amiga de los versos y el saturnismo. Simplemente un amanecer intransitivo, sin histerias, sin promesas, sin motivos de regocijo. Un día que comienza, y nada más. Sin marcas redundantes.

Amanece porque se ha abierto una ventana, amanece por una feliz decisión propia que, por pura casualidad, resulta ser contra natura. Amanece, aunque los relojes marquen las cuatro pasado meridiano. Buenaventura ha terminado su siesta.

La puerta del estudio se traba. Parece encastrada en el marco de madera. Estupor de carpinteros, molestia de la mano que ha de dar, cada vez, un golpe seco arriba, a la derecha: es como si alguien hubiera decidido imponerle un momento de penitencia cada vez que decide internarse en su mundo de papelitos breves y lápices de punta roma.

Ha levantado la vista y la mano. Ha golpeado con las dos. La puerta finalmente se abre. No parece girar sobre las bisagras, sino ser ella misma la bisagra que mueve lo plano hacia el fondo oscuro de un espacio ajeno. Siente náuseas y cierra la puerta sin haber entrado.

Se despega de ella como si la penetrara. Pasos de ballet, los brazos desmadejados, ajenos también; la vista al suelo. Alejarse de la puerta, que ahora recuerda al frontispicio aquel que confundió a Gerardo Shao el día de autos, se le antoja un ejercicio de conversión en la puerta misma: devenir el vaivén de lo que inicia y clausura, ser algo que precisa de un golpe seco para relanzarse hacia el espacio viscoso de la transfiguración.

La dimensión bífida a que se abre, de tan vertiginosa llega a parecer estática, como sucede con la representación del gentilhombre Raniero mientras libera a los pobres de la cárcel de Florencia en un cuadro de Sassetta. Hay en los dos, en Buenaventura y en Raniero, a un tiempo levitación y propulsión, prisa por huir y dejadez proclive a la detención. Más que miedo a la libertad, se respira la indiferencia ante la liberación.

Camina de espaldas hacia el espejo inmenso del living. Se recuesta sobre sí mismo, ahora simétrico y duplicado, y sólo entonces le parece que sale por fin del ensueño de la siesta. Que hace cuerpo con algo que no sabe si es la puerta renuente, el marco paciente, o aquello que atraviesa el umbral. Aquello ajeno y transfigurado.

Salir a la calle. A la ciudad. Poner a prueba el soliloquio de la mirada en el espacio promiscuo de una acera. Nadie te mira, pero todos lo hacen. Nadie concientiza el tránsito de tu cuerpo por el espacio público, pero lo público, estado pleno de la soledad, te concientiza.

Cada transeúnte es un emisor de gestos apodícticos. La geometría de tus pasos pertenece al orden supremo del anonimato revelado, a la gramática de un cálculo fractal, donde cada lance es una ecuación de buenas maneras.

Una ecuación imposible, porque las variables ya no lo son más. En las calles de una ciudad cualquiera eres siempre tú mismo y la matemática glamorosa de la urbe, donde la empatía deviene exceso, gasto, ofensa a la economía –ya que no al sentido– común, te grita que no hay lugar para ti, ni para quienes se cruzan contigo. Porque las ciudades no son un continente de lo humano, sino su extensión. Y penetrarlas es un acto copulativo sin la menor posibilidad de procreación. La ciudad de Benjamin, aquella cuyo conocimiento exhaustivo te regala la gracia del extravío, anda lejos, en lontananza. O debajo. El neón encima, debajo el tono cobrizo de la minería. Los túneles, el metro, los parkings. La ciudad horadada en su profundidad: metástasis del vacío, éxtasis del orificio, que es el estado pleno de la completud. Por eso no se caen las ciudades, porque han socavado su fundamento. Las adorna y las sostiene el mismo movimiento. Cimientos falaces de lo pleno: tránsitos subterráneos.

No extraviarse hacia adelante, sino perderse en la memoria, en el reverso del descubrimiento. Deshacer intransitivo. Encontrar el modo justo para desandar sin retroceder. Buenaventura ha bajado a comprar los diarios. Va a cruzar una calle. Su vista se detiene en un joven, que espera el reposo de los coches para cruzar la misma calle estrecha en dirección contraria.

El flujo metropolitano impedirá que se detengan en el medio de la calle que ambos cruzan. Y probablemente impedirá que se encuentren alguna otra vez. Ellos parecen saberlo. Se regalan idénticas sonrisas y echan a andar por las aceras que han alcanzado alejándose de sus espejos.

La publicidad subterránea. Buenaventura se ha detenido en el andén de la estación Palos de la Frontera, en Madrid. La cerrazón del túnel, el murmullo incontinente de los trenes. Son apenas dos raíles que le separan de una valla de «El Corte Inglés». Naemi Campbell tridimensional: dos primeros planos, de cintura para abajo, de cintura para arriba, y en el centro, al fondo, Naemi Campbell in totto que lo mira.

Irrumpe el tren. El suicida de esa tarde no se presentó a la cita. A través de la puerta que se abre, Buenaventura se acerca a la Campbell. Ahora, de tan cerca, ella es apenas un ojo que lo mira, una boca que pudiera ser sensual si no fuera muda, como de un pez.

El tren se dispara a navegar hacia la próxima estación donde otra Naemi tratará de decirle algo. Pero ya entonces Buenaventura se habrá acogido al expediente grato de la sordera.

Buenaventura es sordo. No habla, por humildad. Sus ojos son del blanco de la luz, de la máxima luz: de la que no ve, luz ciega.

Buenaventura no defeca, ni llora. Apenas sonríe. Es un esfínter sin finalidad, porque no conoce sustancias que confíen en la gracia de la relación.

Alguien lo reconoce. Lo llama. El tren se lanza al túnel.

Naomi Campbell, absorta, tampoco parece reconocer al último hombre que habló de la buena ventura.

En la valla se dibujan signos de interrogación en sucesión aleatoria.

Un *clochard* que se aprestaba a dormir leyó «El Corte, ¿inglés?»

22

I. EL PINTOR DE LA MUÑECA DE TRAPO.

> «El día estaba un poco cubierto.
> Pero eran tan hermosos los dos...»
>
> Chrétien de Troyes

Ocurre en Dresde. Una muñeca de trapo silba la *Trauermarsch* que abre la Sinfonía N°. 5 de Mahler, mientras bebe con ostentación de sus buenas maneras, una taza de té.

Frente a ella un pintor deja correr sus ojos por sus curvas velludas y romas.

El pintor la había encargado a un taller de confección de juguetes, según comentaban en los círculos concéntricos a la Dresdner Galerei[10], y parecía pagar su ocurrencia, o cobrarla, invitándola a

---

[10] El origen de los comentarios sobre el encargo y la estancia en Dresde de la muñeca se escurre en la memoria, como el agua de cierto «alto barril» sobre el cuerpo desnudo de Hulda, «una hermosa joven sajona», que servía en casa del Dr. Hans Posse, cuando sorprendió a Kokoschka, esta primera vez, por supuesto, humidísima. Kokoschka llamaba a Hulda Reserl, «una abreviatura frecuente en Austria del nombre de Santa Teresa»; ambos, juntos y revueltos, llamaban a la muñeca «la silenciosa». Fue precisamente a Hulda, Reserl, a quien encargó Kokoschka que «pusiera en circulación toda clase de rumores acerca de los atractivos y el misterioso origen de 'la silenciosa'». La descripción que hace Kokoschka de la muñeca en sus memorias -Mein Leben, Munich, 1971-, es tan pobre como la que hace de la propia Hulda. Sí es notable la fiesta con que finaliza el episodio; a saber, en la decapitación y la ablución en vino tinto francés, comprado en el mercado negro de Dresde, de la muñeca. Los policías, schupos, que acudieron al día siguiente alertados de que había sido visto un cadáver en el patio de la casa del Dr. Posse son los mismos que intentaron infructuosamente la detención del librero chino-cubano Gerardo Shao, cuando alguno de los personajes que inciden en esta historia asesinó a su hermana en un solar de la calle Reina, en La Habana.

sentarse en una terraza, donde el bullicio disimulaba la impostura del espantapájaros, las manchas que el té negro dejaba en el género bastardo que daba forma a sus tripas de esparto y la torpeza de sus brazos desarticulados.

La escena, cada tarde repetida, prefiguraba el bombardeo aliado y el fin de Dresde: alrededor de una mesa cualquiera, el color que irrumpe, la belleza hecha de género y pasto y la *Trauermarsch* lenta, melodiosa, saliendo de unos labios que no son más que un trazo que Oskar Kokoschka regaló a la ciudad para evocar la sonrisa vienesa de Alma Mahler.

A ese café nunca entraría Buenaventura, aunque lo forzáramos; siempre encontrará la forma de eludir el dintel de madera negra, la puerta recia, el olor a cerveza y té de Ceylán, mezclándose en la promesa de un vómito con efluvios de sándalo y cebada.

Buenaventura no es un centroeuropeo y el espectáculo de un pintor que oscila tras cada sorbo entre el despecho, la conmiseración y la ostentación, en sucesión aleatoria, sólo le resultaría amable al aire libre, donde la brisa recogiera los hilillos sedosos de Mnemosyne, los mismos que unen a Kokoschka y a Alma Mahler, y los dejara enhebrarse laderas abajo, hacia la yerba, la yerbabuena o la paja. En un ambiente cerrado no lo soportaría.

Buenaventura se ha asomado a una ventana del café y le ha hecho una seña a Kokoschka, que se levanta sin concederse ni un momento de hesitación, respondiendo a la llamada del forastero. Ha visto en ese rostro, hábilmente deformado por la irregularidad del vidrio, la súbita síntesis entre la vida lejana que fue ayer Alma Mahler en Viena y la promesa de juguete que es ahora su presencia falaz. Entre la realidad de lo que ya no es y la evidencia de lo que nunca será, se ha colado un guiño de ojos. Y a Kokoschka, como a Céline y a Buenaventura, ya nada lo sorprende. Deja unas monedas sobre la mesa, carga dulcemente a la muñeca y se reúne afuera con Buenaventura.

(Al aire libre.) La muñeca de trapo silba el segundo movimiento, «Stürmisch bewegt; mit grosser Vehemenz»; lo silba por lo bajo, adulterado, sin vehemencia, sin euforia, como si estuviera inflada de helio, no de paja, y temiera que cada exhalación la pudiera separar del suelo y lanzarla despacio, mas irrevocablemente, hacia lo alto.

Buenaventura la toma de la mano. Sopla fuerte el viento. El sombrero de Kokoschka se pierde en un trigal. En silencio, entre los tres, se reparten evocaciones a Millet y a Van Gogh.

Kokoschka toma la mano que le queda libre a la muñeca. La acaricia con la misma pasión con que cada noche, desde hace ya muchas, lleva a la cama a su Alma Mahler de trapo y, tras eyacular tempestuosa y prolijamente, como el color rojo en un rostro militar, se aduerme silbando el último movimiento de la Sinfonía, el «Rondo finale: Allegro». Sus ojos se fijan —*mit grosser Vehemenz*— en Buenaventura, que también parece ausente.

Alma Mahler deja de silbar cuando ya la Sinfonía No. 5 es un racimo de espigas doradas a lo lejos. El estupor, la paz y dos rostros satisfechos son la respuesta a sus dedos de trapo que aprietan, a su melena de desecho de hilandería que ondea.

II. El tiempo del retorno.

Don Tomás Estrada Palma, primer presidente de la República de Cuba, ha bajado de su coche, le ha dicho al chofer que quiere andar un rato, que lo espere en… o que no, que… hasta que lo despide con un gesto de molestia teñida de desaliento y el coche se aleja entre vaivenes de humo negro.

El presidente camina por la calle Obispo, como alguna vez el fundador del cementerio y de nuestra serie, el Obispo Espada.

Quizás por eso su paso sea lento, mortuorio. Sabe que se acercará a la Quinta de los Molinos, donde el Generalísimo Máximo Gómez comienza a ostentar una transparencia molesta, militar –«general», piensa– y tropieza con Buenaventura, que a esta hora temprana, sube al puerto. Se miran[11].

El presidente, que hubiera preferido pasar desapercibido, se sabe descubierto, tan fija es la mirada de Buenaventura, tanto como cuando se conocieron en Nueva York, en una tarde de triste memoria, que se les convirtió en nombre y palabra ya para siempre diferida.

Buenaventura le pregunta la hora a Estrada Palma. La leontina refulge expectante. El miedo o el calor la han cubierto de un leve

---

[11] El encuentro debe haber ocurrido en los primeros días del mes de marzo de 1905. El Dr. Rafael Martínez Ortiz, que fuera Ministro de Cuba en Francia, y que allí ostentaba, entre otros laureles, el de Comendador de la Legión de Honor, relata así, en su prolijo Cuba. Los primeros años de independencia, París, 1921, las incidencias que pudieron preceder esta escena: «...iba a comenzar el primer período electoral general entre los cubanos solos... El Presidente flaqueaba por momentos; no se decidía a lanzarse... Por fin vencieron los consejeros; D. Tomás se decidió a cambiar su gabinete con gente dispuesta a ganar las elecciones de todos modos, si era necesario. Comenzaba el drama; los convencionalismos dominaron a la justicia, y sobre la patria empezaron a amontonarse, desde los primeros días de Marzo, nubarrones densísimos; culminarían en tempestad deshecha; en huracán de pasiones desencadenadas, a cuyo embate caerían maltrechas las instituciones nacionales y sufriría triste y prolongado eclipse la estrella de su bandera». El 25 de abril siguiente partió hacia Santiago de Cuba el Generalísimo Gómez: los incontables apretones de manos que le acompañaron, le provocaron una fatal excoriación en la mano derecha; el 17 de junio, media hora antes de que muriera, fue Estrada Palma a verle. Según testimonio de Heidegger, allí presente, parece haber sido el mentor de Buenaventura, Doctor Allen Meisner, y no el Doctor Pereda, como relatan las crónicas, quien pronunció el definitivo «el General ha muerto».

rocío. Don Tomás tira de ella con gesto elegante. Se traba. Tira con fuerza. El reloj sale finalmente como una exhalación. Golpea con fuerza contra una farola y se rompe el vidrio.

Visiblemente contrariado, el presidente sabe que las manecillas no han sufrido por el impacto y que aun cuando el mecanismo se hubiese detenido, estaría a tiempo de dar la hora y rozar la exactitud, lo que ya es bastante tratándose de una isla a la deriva. Va a decirle la hora, su hora última.

Pero Buenaventura lo detiene. Ha hecho la pregunta sólo para salvar la incomodidad generada en el presidente por el tropezón y, sin apenas proponérselo, ha desatado el cuenta atrás de un devenir que le era ajeno. Ahora que ha intervenido le será imposible desentenderse de él. En lo adelante tendrá que asumir la mayor de las responsabilidades, la de haber propiciado un retorno.

23

Buenaventura ha tomado un tren en la Gare d'Austerlitz con destino a Port Bou. Ha superado, a la altura de rue de Chevaleret, testigo de sus primeras andanzas por París, la nueva biblioteca, caja vacía de grueso vidrio a la que probablemente nunca accederá. Recuerda las primeras páginas de *La educación sentimental*: decididamente él no se parece en nada al bueno de Frédéric Moreau.

En su compartimiento, donde las siglas SNCF se repiten como abalorios, un joven rubísimo de cuyo bolsillo salen dos hilillos como culebras de agua escucha canciones de Jacques Brel.

Entre el fragor de las vías y el humo de los viajeros acodados en las ventanas del pasillo, Buenaventura se queda detenido en una frase que adivina: «*Avec le vent du nord*». Repara en que se muerde las uñas: «Cuando pienso en morir –se le ocurre– me devoro las uñas, ¿será la antropofagia una manera discreta del suicidio?»

A las buenas dos horas de viaje (Buenaventura aún seguía atado a Flaubert: había sacado de su equipaje un volumen del epistolario, comprado esa misma mañana en una librería de rue des Ecoles y leía las cartas a Louise Colet) el blondo compañero de viaje pasó en un súbito de su fase autista a la comunicativa.

Desenfadado e hilarante, interrumpió a su vecino lector (en el momento exacto en que éste gozaba del contrapunto entre dos fragmentos de la carta fechada los días 21 y 22 de septiembre de 1853: «La literatura es un vejigatorio que me escuece, me rasco hasta hacerme sangre» y «Lo que me abruma no es ni la palabra ni la composición, sino mi objetivo, no tengo en él nada que sea excitante. Cuando abordo una situación, me repugna de antemano por su vulgaridad, no hago otra cosa que dosificar la m...»), abrió una botella llena de algo incoloro que parecía en sus manos ginebra más que vodka y antes de empinársela, y pasársela a Buenaventura, dijo, todo sonrisa:

—¡Salud, *escriptore*!

Los primeros sorbos los empujaron al tuteo y la compañía del pasillo, primero, hasta que las miradas torvas de las amas de casa camino a sus hijos y los preocupados viajantes de comercio camino a la basta apoteosis de sus estadísticas mensuales, los condujeron a ese espacio de promiscuidad, acaso exclusivo de todo vagón de tren de largo recorrido —una suerte de zaguán pródigo en puertas—, donde pareciera que ha terminado el viaje si no fuera por el flujo constante de pasajeros al mingitorio, que te recuerda, le dijo el ya casi beodo compañero a Buenaventura, que «aún andas de viaje y que el espacio cerrado que te mueve aún es dueño de los movimientos internos de tu cuerpo». Y como su interlocutor le mirara interesado, añadió:

—Por eso me da tanto miedo viajar —e hizo un gesto con la botella en la mano como si la presencia del alcohol lo corroborara—. Hay un viaje interno de los trenes, en el que mucha gente puede perder la vida… lo que, por supuesto, no pasa en los aviones, porque allí la caída es algo técnico, algo físico e inminente, y merced a esa corrupción de la palabra «caída», el viaje pierde toda dimensión cristiana, todo susto de la verdadera muerte.

Ni el fragor de los vagones entre sí y contra las vías, ni el abrirse y cerrarse continuo de las puertas, ni el trasiego de pasajeros, ni las hoscas llamadas de atención del conductor, le parecieron fuera de lugar a Buenaventura después que el holandés –«Soy holandés y sí que vuelo», le hubiera dicho poco antes, tras preguntarle de dónde venía y Buenaventura responderle: «De La Habana», y él decirle: «Ah, sí, he leído ayer en la prensa que le han dado un golpe de estado a tu presidente», y Buenaventura asegurarle: «No, has de estar confundido. Eso fue en Colombia» –terminó de liar un pitillo, y comenzaron a fumar.

Sentados sobre el linóleo hollado al final del vagón, bebían lo que ya no era ni vodka ni ginebra, y detenían el humo, adentro, bajo los ojos, pasándose la breva. Sí se percataron de que una joven cedía el turno a los que querían pasar al baño, como si le bastara aliviarse con la paz que ellos irradiaban, hasta que se sentó junto al holandés, cuando éste preparaba el segundo cigarro:

–¿No molesto, verdad? –preguntó, entre descarada y ansiosa.

A coro:

–¡No!

Estuvieron sentados los tres en círculo, parados los tres con las narices pegadas al vidrio helado de la ventanilla, besándose ella y el holandés y ella y Buenaventura, mientras que el tercero esperaba su turno, ora sonriente, ora entristecido; también se los vio saltando entre risas o abrazados cual jugadores de rugby, o perplejos, o alertas, siempre de pie, aunque profundamente dormidos. Fueron casi todo lo que se puede ser cuando tres desconocidos, atravesando juntos esa Europa que ya no es, fuman una maría buenísima y olvidan al mismo tiempo los recuerdos dispares que los proyectan.

Todo fue una obvia prevención: cuando repararon en la desaparición de la chica, vieron el bolso.

—Hay que encontrarla y devolvérselo —le dijo muy seguro el holandés a Buenaventura.

Entre risas apenas contenidas fueron abriendo una a una todas las puertas de los compartimientos. En ninguno la encontraron; sólo el de ellos estaba vacío. Llegados al final del vagón, el holandés dijo:

—Habrá que revisar todo el tren.

Buenaventura, el bolso en una mano, cierta impaciencia en la otra:

—No —y señalando a la pared liminar del pasillo con el paisaje que recorrían: ventanas, árboles en rauda retirada, bandas de luz como estelas propias, iluminados chalets, lóbregos cobertizos que custodiaban los aperos y la memoria de una agricultura íntima que ya no existe: Tiene que estar aquí.

Casi nada les costó constatar que cuando se atravesaba el tabique que divide el aire cerrado del vagón del afuera evasivo que éste atraviesa, uno no caía a tierra.

Sí se detuvieron —eso, se detuvieron— ante la evidencia de que salidos del vagón, una fuerza que no era la del viento, pues desde afuera más bien parecía que era adentro donde soplaba fuerte, los obligaba irremisiblemente a mirar hacia las sucesivas e idénticas puertas de los compartimientos, y más aun, de que las coordenadas de su posición no variaban: seguían en el mismo sitio, pareciera que volando junto al vagón.

Ambos repararon en el cariz inequívocamente cinematográfico que tomaba el conjunto.

La vieron cuando ya comenzaban a gozar del cósmico acomodamiento que provoca toda prolongada levitación. Sólo una de las puertas del vagón permanecía abierta: la del compartimento donde habían quedado las cartas de Flaubert. Alguien había apagado la luz. Buenaventura la encendió. Allí estaba ella. Sentada sobre la mesilla, las *couchettes* parecían raíles; recostada a la pared, los brazos jugaban entre los cojines.

Buenaventura pasea la vista sobre el collage que cubre la pared. Fragmentos de mundos: en algunas estampas su rostro encaja en el encuadre sin mayores estrecheces; en otros apenas sus ojos, que miran a ningún lugar, reconcentrados en una bizquera fractal, ciega, generativa.

Delgada –apenas un tabique levantado con la exacta negligencia necesaria para convocar su destrucción– la pared carga reproducciones de Nolte y Ponce, una Emma Bovary sentada de espaldas, múltiples silencios de bocas abiertas, acorazonadas, sedientas, pecaminosas; bocas que quizás rían la gracia de no haber sido horadadas por las tachuelas blancas que ahora se ceban en las cabelleras desordenadas que las enmarcan.

...si no hay interacción

Lo imperecedero del inicio no consiste
ni en que sus consecuencias perduren el
mayor tiempo posible, ni en la extensión lo
más amplia posible de sus efectos, sino en la
rareza y unicidad del retorno transformado
de lo en él originario.

Martin Heidegger

24

Fue por detrás, pero no fue traición. Fue una consagración. La bolsa de nylon donde el juego de dados acariciaba la botella de Viña 95, todavía presa de la inmisericorde pátina de las sucesivas bodegas del MINCIN, saltó por los aires y Buenaventura cayó contra el encerado del latón, víctima de la apoteosis de vidrios y el asfalto esmerilado.

El *airbag* cobró vida dándole un tono festivo al atropello. Fue máscara de oxígeno también. El presunto criminal, la criminal, salió del coche como de un paracaídas y le tendió la mano, diríase que con histriónica frialdad. Sus ojos eran tan negros que cualquier alusión a la cerrada tricromía del semáforo hubiera sido —lo fue— ridícula. Alguien del público le gritó:

—¿No vio la luz roja? —y su mirada fue tan oscura que el semáforo desapareció.

Sus anillos, todos idénticos, eran símbolo del eterno retorno de lo mismo. Reproducían una estrella pitagórica, en cuyo centro una serpiente dibujaba una S; su lengua bífida acusaba una leve movilidad, aunque los dedos permanecieran serenos e indicativos.

Tranquila, como si se hubiera atropellado a sí misma, tendió su mano a Buenaventura.

—Qué difícil fue encontrarte —le dijo— pero los caminos convergen tarde o temprano. Y aquí estoy, culpable, descubierta.

Buenaventura la miraba tendido en el piso: un corro de ojos eran entorno que privilegia.

—Quiero hacerte el amor —le dijo.

—Si lo haces, vendrán a buscarte —ella—. Si lo haces, vendrán a buscarte.

–Qué importa. Si ya me han encontrado y me han sabido castigar.

–¿Qué te han hecho?

–Me dejaron ir.

–¿Y si querían que llegaras a mí para multiplicar la crueldad del castigo?

–¿Por qué habrían de hacerlo? ¿Quién eres tú como para que se tomaran esa molestia?

Una Shiva muy turbada (alguna se ha visto): –Te espero a las seis.

Y garabateó la dirección en el dorso de una tarjeta postal, que extrajo del bolso: un desnudo de mujer, al óleo, el vello púbico: cobras que escupían a dos metros su veneno. Buenaventura no alcanzó a verlo con los ojos, entretenido en dos versos de Blake:

In what distant deeps or skies
Burnt the fire of thine eyes.

–¿Una amenaza o un reto? –preguntó, sin embargo.

–Ellos te amenazaron, yo ni siquiera te reto.

25

Las referencias se pierden en la diagonal, por debajo de los brazos de acero y el terruño –el *Heimat*– es borde primero, banco de arena después, es desvaído y mínimo lienzo. Comienza a ser secreta presencia en las bóvedas de la pinacoteca de los reencuentros pospuestos.

Camino a casa de Shiva hace un alto para comprarle un regalo. La pérdida de lo telúrico vuelve entonces por sus fueros, cuando se impone confrontar la pertinencia de la instalación en el vuelo –la propiedad alada de la cuadratura–, con los dados esféricos, perfectos, que le llaman la atención en una vitrina de boutique en Beaubourg. Curiosos dados, donde el número de suerte desconoce las aristas de su excepcionalidad.

Buenaventura elige una pareja de dados como ofrenda para la anfitriona que lo espera. Sonríe la vendedora, morena y venezolana, un rizo *art nouveau* descolgándose por la sien.

–¿Le envuelvo los dados, señor?

Y le pareció a Buenaventura encontrar en la vocación de amabilidad de la voz que lo interpelaba algo situado entre la socarronería más desfachatada de una verdulera de Les Halles y el más simple de los enunciados de Étienne de La Boétie, de tal manera que, aunque llevaba prisa, no pudo resistirse a la contemplación del ritual del cumplimiento.

–Creo que sí, que me vendría muy bien guardarme de que rueden desde mis manos a la calle antes de regalarlos. Pero le hago notar, señorita –añadió haciendo eses sobre el cristal del mostrador con la yema de su dedo índice, haciendo que la inscripción se estampara y se borrara con un mismo trazo, como queriendo redundar sobre la cualidad a la vez transitiva y elíptica de la frase– que todavía son don sin ser dados.

La joven del rizo levantó la vista satisfecha para fijarla tierna y agradecida en Buenaventura durante más tiempo del que aconsejaba la ocasión. Después bajó los ojos y sus manitas de biscuit comenzaron a construir el envoltorio: una sucesión entrelazada de papeles y cintas, que ató con cuidado esquizo, como si entre sus dedos estuviera el canon de la relación áurea y cualquier ligero desliz suyo pudiera ser capaz de anular toda la gracia del orden y el azar.

Le tendió el paquetito a Buenaventura con la sublime inocencia del soldado que ha cumplido su primera misión, y aunque ésta no haya pasado de ser el lustre cuidadoso de las botas del último de los cabos, confía en que un rayo de sol, en medio de la batalla, se refractará en la puntera, libre de toda mácula, del botín, y cegará al más certero y despiadado francotirador enemigo, decidiendo la supervivencia del General, y entonces, elemental consecuencia, la victoria en la batalla.

Buenaventura tomó el atajo de cintas que propiciaba a los dados la certeza del ángulo recto, y salió a la calle con paso marcial. La escena, su delicado ridículo, lo había conmovido, como sólo es capaz de conmover lo que prefigura y anuncia.

26

Caminando por *rue* de Faubourg Saint-Honoré camino a Place Vendôme, escuchó decir: *tiers monde*.

Se dio vuelta atraído por la sutileza de las rimas: hablaban dos jóvenes con pinta de normaliens; probablemente discutían sobre el *Orbis Tertius*. Le pareció que podrían pasar a Derrida en cualquier momento, y apuró el paso. Él también había hablado sobre cosas que no existen andando por esa calle.

A veces sorprende agradablemente el conocimiento de algo que quisieras haber olvidado en el momento mismo de su advenimiento como rememoración. Un número de teléfono, un nombre, los detalles precisos de un lance amoroso, una persona. Algún concepto.

Recuerda un momento que alude, como escapándose, a esa rara placidez. Tiene invitados a cenar. Un viejo amigo, que vive en París, al que no ha visto desde hace años, acompañado por un condiscípulo suyo, francés. Otro conocido de Buenaventura, radicado en Viena y también de visita en la ciudad —es vísperas de Navidad— ha sido invitado también.

La velada transcurre con entera normalidad. Se habla de lo que cada uno hace, se comparan las ciudades respectivas, se comentan novedades y antigüedades literarias de París, Viena y Madrid. Buenaventura y su amigo parisino se afanan en sacar lascas de una pierna de jamón. Los otros dos, el francés y el seudovienés, comienzan a hablar animadamente en alemán. Diríanse del techo suspendidos el movimiento cuidadoso, hiriente del cuchillo, el brazo del amigo que sostiene, a falta de mejor atril, la pierna cercenada, la conversación de los que anhelan entretenerse con las fibras magras.

Buenaventura es torpe: demora en palidecer el muslote, tarda en llenarse el plato. Buenaventura se impacienta: es dura la carne y romo el cuchillo.

De pronto, del habla alemana de los invitados le llega una voz: *Gelassenheit*, serenidad. Se detiene. Sonríe. Interviene:

—Es una palabra esa que me recuerda un paseo por un bosque.

El francés le pregunta que cómo sonará *Gelassenheit* en ruso. Buenaventura le responde:

—*Sosná*, abedul —mientras se dice que si le pregunta como suena Heimat le descubrirá la broma.

Pero no se lo preguntó: no querría aquel joven hablar de rusos ni de Heidegger.

27

La casa estaba situada en un edificio de finales del siglo XVIII, su edad delatada por la superflua solidez del calicanto, unos ojos negrísimos asomados a una ventana entreabierta, y el reposo apacible de la cabeza del león anunciatorio, manso y servicial, sobre la madera porosa de la puerta. El zaguán excesivo; la escalera, un bosque de cedro cuidadosamente cortado y tallado, diríase que con las uñas.

Atento al delicado juego floral del pasamanos —un *ikebane* de piedra—, Buenaventura tropieza. Una familiar sensación de desasosiego lo asalta. Le parece ver al Alemán sentado de espaldas, absorto en la contemplación de un lienzo, cuyo tema Buenaventura no alcanza a distinguir. El pintor se da vuelta repentinamente y resulta ser Hans Escher: en el lienzo las palabras del Alemán son trazos que ascienden, escalones de tránsito imposible, pictogramas del doblez significante, el silencio espeso de un boceto de Durero.

Se incorpora asustado, como buscando una ventana aviesamente abierta que lo ciegue. Una telaraña en el reverso de uno de los escalones que lo esperan prefigura el discurso envolvente y brillante de la incorporación, ya presto –se escuchan los pasos entre amables e impacientes que se acercan– a recibirlo y cercarlo.

La joven conductora le abre la puerta. Lleva en la frente una tirita de esparadrapo, evocadora del encontronazo matinal. Probablemente oculte, se le ocurre a Buenaventura, un hinduismo doméstico, privado, enemigo de los afanes del brillo y la ostentación. Cuando se acerca a besarla, Buenaventura lee, tinta negra sobre la rugosidad terapéutica de la enfermería, «mamá».

En el salón, el incienso y el gas sarín se confunden en un tono rosa, casi londinense. Sobre el televisor, que domina el espacio con prepotencia de vórtice, espera una motocicleta de talla escolar, de esas que preceden, moneda en la ranura mediante, la entrada de las madres al supermercado.

Shiva le guiña un ojo a Buenaventura, que salta sobre el sillín y se aferra, voraz, al manubrio. El minúsculo espejo retrovisor, un *vanity* meticulosamente adosado a la palanca de cambios, le descubre su sonrisa, puerta entreabierta a su grito de gozo.

Debajo del motociclista improvisado, frente a los ojos vidriosos de «mamá», un locutor engominado relata el estado del mundo ayudado por un puntero bífido –en cada terminal espejitos manieristas–, con el que señala al mapa del Universo según Tycho Brahe con esa prisa propia de los telediarios donde se mezclan la eficiencia y la anunciación. Praga en el Universo era un gran dibujo de un puente leve y levadizo. Sin piedras ni reyes ni paseantes.

Súbitamente se detienen el puntero, el locutor, la araña envolvente de la escalera: un cirujano con gorro orlado en azul –nosotros sabemos que es Gerardo Shao– extrae, con mañas e instrumental dolorosamente góticos, un proyectil de un vientre amoratado, aún palpitante. Maestro en vivisecciones, el brazo —los dedos presionando la pinza, el cobre sanguinolento, atraviesa limpiamente la pantalla, como en cierto anuncio publicitario—, se funden en un mismo gemido de alivio el grito del herido, el de Buenaventura, y el de la sirvienta que anuncia la presteza del convite, cuando el proyectil se desliza en la ranura y la motocicleta deja escapar el humo prieto de su prisa abortada.

Como gracias a cierto plato de la comida de Trimalción, la mesa deviene universo: el *Big Bang* es la sorpresa, las órbitas son las de los ojos, espiraloides, desquiciados; la vulva de cerda virgen es más un aliciente que una premonición.

El pecho plano de la hindú, sabana negra, trigal dorado, es el testimonio de que el presunto caviar es en realidad la analítica de su maternidad. El silencio de Buenaventura no es la feliz causa de los belfos almibarados en fuente de jade, ni el aceite es su orina, ni el paté su lodo visceral. El queso es compacto, como el barroco digitalizado. De cabra, es esfínter anal.

Se llevan el alimento a la boca con los dedos y las manos; no lo desmenuzan en el plato, falaz continente de un simulacro de sacrificio. La trituración es amable, bucal, corporal; la forma se pierde en el cuerpo, en la propia incorporación, sin que medie la exposición violenta a la desfachatez pagana de los comensales.

Mientras comen, se van amando con las manos y los pies. Un dedo de Buenaventura es dulce estilete en la ensaladilla; otro, allá abajo, a lo lejos, es espolón deseante en el sexo húmedo de la anfitriona.

El mármol de la mesa apenas consigue limitar las incorporaciones humanas y mundanas. La erección de Buenaventura hace vacilar la lámina de piedra. Jovial revuelo de platos, fuentes y botellas. Ahora la moqueta es sed satisfecha de salsas, de vino, de cartílagos ajenos a cualquier taxonomía, del todo prolijo de la mesa.

La sirvienta y Shiva avanzan las manos presurosas hacia el revuelo grávido. Hay en sus ojos un pavor no disimulado, como si vislumbraran el fin o el principio. Pero no llegan a tiempo: la campana que invocó el ascendit de la espiral del rito, se hace añicos, despaciosa, sobre el suelo.

Shiva cierra los ojos con fuerza de conjuro. Los huevecillos de salmón se reúnen en pirámide de nylon. Una ventosa de pulpo del cantábrico, pulpo de brazo fuerte, obsceno y prensil, corona la ovulación poliédrica. Fenomenología del pezón: Buenaventura es máquina que sorbe, es mecánica de la reunión, pragmática de la incorporación.

La vulva de la presumiblemente grácil cerdita hace equilibrio sobre la nariz de Buenaventura; sus cachetes se adornan con los esputos de grasa: «Bollo e'puerca», se le ocurre.

Shiva se pasa el dorso de la mano por la frente; suda hierática. Cae una tirita, en un previsible juego de tiritas superpuestas, y se descubre otra, donde Buenaventura lee la palabra «maná».

La sirvienta, reverso del arquetipo decimonónico, de tan pálida, compila desesperada los fragmentos dispersos de la campana.

Buenaventura y Shiva apuestan sus orgasmos:

—No lo conseguirá —dice Buenaventura.

Shiva se incorpora y declama un fragmento de Nicómaco, donde Pitágoras descubre la escala, después llamada pitagórica, paseando frente a casa del herrero:

—Cuchillo de palo —grita la sirvienta, que es ahora remolino de labios en el glande de Buenaventura.

—Apuesto mi suscripción vitalicia a *Vogue* y todas las palabras traducidas por Cipriano de Valera: la campana volverá a ser ritual que convoca, y tú —y ahora se multiplican las humedades que propician el *telos* eyaculatorio— tensión que se resuelve en el trazo significante.

Acodado en la alfombra, cada mano ofrece cinco dedos a la otra; las yemas se rozan en un juego inicuo, de azogues e imágenes repetidas, y las piernas son haces de luz que se ciegan y se rehúyen entre sí, para alejarse, en realidad, del foco oscuro: la virilidad exultante de la víctima.

La criada y Shiva perseveran, entre fanáticas y afanosas, en la consecución del esperma, el *logos spermatikos* que configure la potencia armónica y convocatoria de la campana.

Los dedos de Buenaventura se funden en una digitalidad palmípeda, imposibilitante de su verdad plural, de tan recia la decisión aglutinante, amasijo que impide ver más allá de su propia voluntad de síntesis.

Buenaventura, sin embargo, no deja escapar la aparición de unas formas oscuras tras la puerta de entrada al apartamento, manchas en la flagrante luminosidad, felizmente delgada en la fisura que la anuncia y la delata, aunque superflua en la extensión liminar de roble, del descansillo y la escalera. Se asusta menos de la aparición, que adivina fatal, que de la imposibilidad de comunicarla en la inmediatez de su evidencia. Sabe que debe hacer algo, pero el grito que esboza, no es más que ansiedad de la boca que se abre para aspirar equilibrio: física del deseo, Torricelli y el Marqués de Sade, *pneuma* que desplaza la invocación hacia la estrechez aglutinante de la columna violeta.

Cascada breve. Mana, corre, viene, *it's coming*. Cremosa, la esperma que obtusángula y pródiga es cúpula, dejada es ábside. El badajo es epilepsis que boquea.

(El paisaje del salón remeda ciertos parques del XVIII francés, donde se edificaban ruinas poniendo un cuidado exquisito en la ejecución. Olor a yeso fresco, corchos que salen disparados hacia su muerte eufórica, enhorabuenas de inauguración en unas ruinas: muerte de la

restauración, feliz y efímero apogeo del diseño histórico, el diseño del paso de los años.)

Los fragmentos se reúnen en campana, en música y en armonía, siguiendo la extensión fractal del cálculo de sombras, la gnomónica. Así, cada fragmento, pieza de un puzzle de falaz imprevisibilidad prefigura su extensión, como el cigarrillo a la colilla, como el fuego a la ceniza, como el placer a la muerte.

No hay campana ni badajo y aún se escucha la música. Pero no llaman a vísperas, llaman a la puerta.

—*Fasten your seatbelts* —es Shiva transmutada en azafata—, que vamos a alunizar.

La puerta estaba abierta. Buenaventura fue el último que entró y como que precaver es condenar el destino a cumplirse sin esfuerzos ni alardes de voluntad, no corrió el cerrojo para que el futuro participara de la duda y se internara en la tradición de su inexorabilidad.

Ya Meisner, el Alemán y un tercer hombre, también con tirita protohindú, entraban al salón con alguna finalidad más trascendente que atravesar el pesado entorno seminal del simposio. Shiva les apunta con una pistola.

El protohindú *(sobrio, metafísico, adelantado)*:

—Un disparo ahora, querida, sería como una borrachera de ruso en una velada del conde De Maistre, en San Petersburgo: una graciosa digresión que no alcanzaría el manuscrito.

Y continuó.

—El delirio se inscribe en la razón sólo cuando afecta el buen gusto del protagonista, y tú aquí no eres más que lo que un lacaniano en Wall Street, un facilitador de confluencias.

Shiva haló el gatillo y la solapa de Meisner fue dril húmedo, vapor de Barrio Chino.

—Es una pistola de agua —rió repuesto y gozoso el protohindú.

—No, es de esperma —le dijo, entre indiferente y avergonzado, Buenaventura.

28

Buenaventura y Heidegger conversan en un bar terminada la entrevista. Buenaventura ya sabe que lo sabe todo. Heidegger ya le ha anunciado a Der Spiegel la venida de Shiva. Buenaventura, que lo sabe proteico, le preguntará si Shiva no será él. Y Heidegger le responderá que sí, que lo será. Que lo será muy pronto.

Buenaventura, gracias a la presencia/ausencia de Shao, vive en constante situación de cohecho. De la blanda ocultación de la maldad ajena y propia, regalada por su exilio voluntario hacia la ocultación de cada gesto, pasa ahora a la duda ante cada paso que da. Escindido y reunido Buenaventura, cada empresa suya es ahora un conato de marcha.

—Al bien, cuando se escinde, se le nota lo fungoso. Cuando lo fui a ver a usted, yo aún no sabía que iba a una despedida.

—Pero tampoco a un encuentro, porque iba usted bastante des-aliñado —rió Heidegger.

—Yo pensaba, o pensaba que quería creer que pensaba, que nuestro encuentro me iba a ayudar a revocar la escisión. Petulante, confié en despistarle con la historia de Shao y su hermana degollada. Pensé que podría engañar a mis palabras dichas y así librar a mi silencio de mi propio, enemigo rumor.

—Usted simplemente olvidó —lo interrumpió Heidegger— que cuando la transustanciación se dispara, la identidad deja de ser una gracia del diálogo espejeante, que nunca especular. Le diré más —tomó un largo trago de su vaso—, y no me llame tramposo porque siga yo con los espejos: usted sí vino a despedirse. Yo sé de alguien que busca suplantarme y ese alguien lo encontrará a usted, Buenaventura. Y quizás lo mate.

—¿Me encontrará pronto?

—Ya lo ha encontrado. Por eso ha venido usted a verme. Sí vino a despedirse, ya se lo dije. Vino a consumar mi desaparición, como alguna vez, cuchillo en mano viajé, y la daga y la Biblia burlando los controles del Aeropuerto José Martí en La Habana, a consumar la suya.

La confesión de Heidegger no tomó a Buenaventura por sorpresa. Si acaso algo lo sorprendió fue la confesión de que el crimen que disparó sus peripecias no había sido cometido por él, lo que lo redimía de culpa, en tanto pivote de la serie en la que había basado su inocencia.

Había escapado a su destino sin haber derramado más sangre que la suya.

29

No hubo despedidas. Shiva, cuando Buenaventura la miró, ya saliendo amablemente escoltado, hojeaba un catálogo de Goya. Buenaventura tuvo la seguridad de que era el mismo ejemplar que había marcado en la Biblioteca Nacional en Madrid, un año atrás. Alcanzó a ver la página donde Don Francisco es más explícito en la leyenda del Capricho 43: «La fantasia, abandonada de la razon, produce monstruos imposibles: unida con ella, es madre de las artes y origen de sus maravillas».

Mientras apartaba la vista de ella, se le ocurrió al detenido que no había sido un mero capricho de la descuidada conductora que lo había traído aquella noche a esa casa, a donde vendrían a buscarlo. Si acaso un capricho mayor, sordo y decisivo.

La sirvienta se acercó al grupo, llegó hasta Buenaventura, abriéndose paso con voluntad irreprimible, de tan tierna e inesperada, y lo besó, hábil artimaña para deslizar en su bolsillo la campana espermática recién recompuesta.

El dibujo cuidado del pasamanos no cedió a las uñas de Buenaventura, súbitamente aterrado por la evidencia del descenso. La calle repleta de automóviles fue una cita a la velocidad que regaló Mr. Ford a Paul Morand. En un súbito, todo pareció detenerse: un estanque, flores de loto, desfile de burbujas, quietud, diferencia y diferición. Flores heideggerianas, ofrenda del Conde Kuki.

Caminaron hacia la furgoneta que los esperaba, marcada con un rotulado cirílico. La misma caligrafía anticuada del amanuense que le traducía las cartas de otro conde —el Conde de Pozos Dulces— a Joseph De Maistre, en el San Petersburgo pregogoliano.

Atravesaron la ciudad tan rápido que parecían mofarse de su extensión y de su intransitabilidad. Buenaventura tuvo la corazonada de que regresaban al apartamento de Shiva a entretener la noche con el catálogo de Goya.

Buenaventura fue una lengua que se enredaba, mientras la ambulancia recorría las calles de San Petersburgo, derrapando sobre el voluntarioso hielo primaveral. Un kata-logos, un logos-cuesta-abajo: la furgoneta descendió por una rampa y se detuvo.

Entró. Ingresó. De la mano de Papá. Se habló en un ruso eufórico, nada monjil. A Dostoievsky se lo citaría más tarde, y todos parecían saberlo. Un doctor, cuyo apellido no era Cooper ni Laing, dijo que la psiquiatría era una realidad insoslayable. Un enfermero asintió con firmeza, como un trotskista invitado por cortesía sindical al Coloquio de Davos.

El padre de Buenaventura, para quien la guía telefónica de Moscú era éxtasis y literatura en un mismo movimiento pendular, dijo que psiquiatría era una bella palabra y añadió algo sobre la para él obvia relación entre la *psyché* platónica y el alma rusa, *dushá*, pronunció con cautela. Todos propiciaron la inyección.

Buenaventura pataleó, *kicking* de oficio, como en alguna vieja película dominguera, donde el zen se confundía en la profusión de bocas que sangraban. Una enfermera uzbeka ocultó su rostro, como para no ser confundida con la presunta asesina de Bruce Lee, cuando la sangre se espesara cual flujo menstrual.

Lo desnudaron, lo volvieron a inyectar, y Kashenko, gloria de la psiquiatría estalinista, fue de pronto una soga en las manos, una almohada en el devenir y un homosexual brezhneviano, rostro menchevique y delgadez de gulag, que a la mañana siguiente le dijo, cuando lo vio leyendo un libro excesivamente grueso, que Dostoievsky era una lectura lamentable... Buenaventura lo miró, sorprendido, y escuchó la coletilla:

–Aquí.

Buenaventura lee a Heidegger ocho años después. Añora el Seminario de Kashenko, encore. No se salta palabras. Lee obediente, sabe que el maestro lo mira. Pero

Buenaventura se escurre, mira a los lados, la lámpara, la oscuridad: se comienza a masturbar lentamente. El rostro meditabundo de Martin le parece fabuloso: no eyacula en el bigote: el semen no gotea, no se limpia los zapatos. Se congratula al evocar en clave de monólogo aquella lejana tarde en que su deseo avivó el diálogo con el que Sarduy llamara «el lechosito de la Selva Negra.»

Ya está adentro, porque sabe que ha salido. Buenaventura es un dintel: y esa conversión habrá desde hoy que ostentarla. Ya lo ha olvidado todo, menos una vieja obsesión que martillea sus tímpanos: memoriza cada cosa que olvides, para poder recordar que la has perdido irrevocablemente.

(Se ilumina en mayúsculas –supremo ejercicio mnemotécnico–, la palabra FIN. Los personajes miran por sobre el público, a lo lejos. Deben dar la impresión de ser uno sólo en tanto cuerpo y animar, al

mismo tiempo, loca, desquiciadamente, el baileteo de sus sombras. Los espectadores irán acudiendo a la sala poco a poco. Sólo pasados los tiempos, tras el lleno, la impaciencia, la rechifla y el aquelarre, podrán los cuerpos de los actores entregarse, lúcidos, a las sombras. A las que más les apetezcan. Acaso a las propias.)